寻找唯一的真相

重播

P L A Y

重播

【美】雷蒙德·钱德勒◎著
吴嘉琪　陆美如◎译

B A C K

马洛系列
私人侦探
NO.7

中国出版集团
现代出版社

PLAY BACK

1

电话那头传来一阵刺耳的声音，对方语气专横，具体说了些什么，我没听清楚。接电话时我不仅处于半梦半醒之间，话筒还拿反了，一阵手忙脚乱把话筒调正之后，我冲里面哼了几声。

“你听见了没？我是律师克莱德·乌穆内。”

“叫这个名字的律师比比皆是。”

“你就是马洛，对吧？”

“你说是就是吧。”我看了下表，才早上六点半，通常这个时间我还睡得昏昏沉沉的。

“年轻人，别那么嚣张。”

“恐怕你要失望了，乌穆内先生，我可不年轻了，是个沉迷于咖啡的中年人了，你找我有何贵干？”

“我要你八点钟去车站，找到SC列车，跟踪那批旅客中的一个女孩，并记下她下榻的酒店，再回来给我汇报，听清楚没？”

“不大清楚。”

“你这是什么意思？”他厉声呵斥道。

“单凭这些信息，我恐怕不能胜任这项任务。”

“我可是克莱德·乌穆……”

我打断他的话，“够了，我没空听你介绍自己，你再说明一下大致情况，我觉得你要找的应该是一位调查员，而我天生就不是当联邦调查员的料！”

“那好，我会派我的秘书弗米莉耶小姐去你的办公地点和你说明详细情况，她半小时内会到。她精明能干，希望你见到她不要自惭形秽。”

“等我用过早餐，她可比不过我了，你让她放马过来吧。”

“把你的地址告诉我。”

我给了他尤卡大道的地址，还告诉他怎么走。

“很好，”他说这句话时有些不情愿，“有一点需要强调，你要保证这个女孩对这次的跟踪毫不知情，这点非常重要。我也是受人所托，对方是一家赫赫有名的华盛顿律师事务所。弗米莉耶小姐会预支一笔费用供你花销，另外预付你250美元的订金。我期待看到你雷厉风行的表现。多说无益，今天的谈话到此为止。”

“我自当竭尽全力，乌穆内先生。”

他挂掉电话。我挣扎着从床上爬起，洗澡剃须之后，正在品味第三杯咖啡的香浓气息时，门铃响了。

“我叫弗米莉耶，是乌穆内先生的秘书。”她的声音听起来略显低俗。

“请进来吧。”

她走进来，就像个洋娃娃一样精致。穿着腰部束带的白色雨衣，但不是连帽的款式，有着一头精心呵护的浅灰色秀发，靴子和雨衣搭配得很好，手上还拿着一把折叠的塑料伞。她那双蓝灰色的眼睛直直地盯着我看，就好像我说了什么粗鄙的话似的。我帮她脱下雨衣，闻到她身上散发着迷人的香气，她的纤纤玉腿——就我所能看到的部分来说——确实赏心悦目，双腿在透明丝袜的遮盖下若隐若现，我目不转睛地欣赏着，特别是当她交叉双腿并拿出一根烟点上的时候，我尤为关注。

“克里斯汀·迪奥，”她似乎是看穿了我的心思，“我只穿这个牌子，给我火，可以吗？”

“比起平时，你今天穿得可不少啊。”说着我把打火机递给了她。

“一大清早别和我开这种玩笑，没有闲工夫搭理你。”

“那你看什么时候适合呢？弗米莉耶小姐。”

她笑了笑，带有一丝不屑。随后从包里翻出来一个牛皮纸袋并扔给了我，“拿着，你需要的所有信息都在这里面。”

“我想某些我想要的东西并不在里面。”

“别废话了，你这个蠢货，别以为我对你一无所知。你觉得乌穆内先生是如何选中你的？这完全是我的主意！还有，别再盯着我的腿看了。”

于是我打开纸袋，里面放着一个密封的信封，还有两张给我的支票。其中一张面值250美元，上面写着“专业服务费定金预付”；另一张面值200美元，标注了“菲利普·马洛先生生活开销预付”。

“每一笔开销都要详细地罗列给我，分毫不差，”弗米莉耶小姐补充道，“你拿去花天酒地我可管不着。”

那个密封信封我暂时没打开，我问道：“乌穆内先生何以认为我会接一个毫无头绪的案子？”

“你一定会接的。我向你保证，此案并非是什么见不得光的勾当。”

“还有其他好处吗？”

“或许在某个雨夜，手头上工作不多时，我们可以一起出来喝两杯，那个时候再讨论这个问题吧。”

“嗯，这个条件十分诱人。”

我将信封开启，看到一张女孩的照片。她看起来落落大方，也可能因为经常拍照而显得十分自然，她有一头乌黑的秀发，微微透着棕红色，额头开阔明亮，目光却带有一丝凛冽，颧骨微高，鼻孔微微收紧，双唇紧闭，看上去不喜言笑。她的面容姣好，表情却有些僵硬，甚至有些许冷漠。

“把照片翻过来。”弗米莉耶小姐说。

照片背面清晰地印着一些字。

上面写着“姓名：爱利诺·金，身高：162cm，年龄约29岁，深红棕色的自然卷发，身姿挺拔，音色低沉而独特，衣着得体，又不显得花哨。妆容保守，脸上无明显疤痕。特征：进入室内时第一反应是转动眼珠，但头部不动。紧张时右手不自觉紧握，左撇子，但刻意掩饰不想为人所知。打网球动作娴熟，游泳和潜水姿势优美，沉迷酒精。无犯罪记录，这些是从档案里摘录的信息。”

“她进过监狱吗？”我问道，目光聚焦在弗米莉耶小姐身上。

“除了资料里的信息，我别无所知。就请按照指示来办事吧。”

“没有夫姓吗？像她这样姿色的女子，29岁应该已经嫁人了。资料里却未提及任何关于婚姻生活和财产方面的信息，我对这一点很是疑惑。你说呢？弗米莉耶小姐。”

她匆匆看了一眼手表，“你最好赶到联合车站再思考这个问题吧，已经没剩多少时间了。”她站起身，我帮她穿上了白色雨衣，开门送她出去。

“你自己开车来的吗？”

“是的。”她向外走了几步后转身对我说，“你有一点我很喜欢，不会动手动脚，从某种程度上来说，你的教养还不错。”

“动手动脚——这种行为未免太下三烂了。”

“不过你也有一点让我心生厌恶，你知道是什么吗？”

“抱歉，我无从得知，只知道有些人恨不得让我从这个世界上消失。”

“我不是这个意思。”

我跟随她下楼，走到车前为她开了车门，她开的是弗里特伍德，这种豪华轿车价值不菲。她似乎也同意了我的看法，朝我点了点头，然后向山路疾驰而去。

我回到家中，打包了少许生活用品用于随身携带，以防要在外过夜。

PLAY BACK

2

事情进展得十分顺利，SC 列车准时到达，一如往常。那女子不难辨认，我在人群中寻觅她的身影，就像找到一只穿着晚礼服的袋鼠一样容易。除了手上的那本纸书，她两手空空，当她看到第一个垃圾桶时，把那本书丢了进去。然后她坐下了，双眼望向地面。在我认识的人里面，她确实属于面容阴郁的那种女孩。片刻过后，她起身走向书架，但什么也没拿，就走开了。她抬头看了一眼墙上的挂钟，然后进了电话亭，关上门，投了一枚硬币进去，和某人开始打电话。她脸上的表情自始至终没有丝毫变化。然后她挂了电话，又去了杂志架，挑了一本《纽约客》杂志，又看了一眼自己的手表，坐下来开始看杂志。

她穿着深蓝色的套装，看上去是为她量身定做的，脖子那里可见里面的白衬衫领子，领口处还佩戴了一个蓝宝石别针，我猜测她也戴了同款的耳饰，但我看不到。她有一头栗色的秀发，和照片里的样子如出一辙，只是比我想象中的还要高一些。她头上戴了一顶深蓝色有丝带装饰的帽子，帽檐还有一些薄纱垂下来，她还戴了手套。

不一会儿，她走到拱门下面，门外有许多出租车排着队在等待载客。她向左边的咖啡馆看了看，又一次回到了候车大厅，目光依次朝杂货店、报刊亭、询问处，还有同样坐在木凳上候车的人们扫了一遍。售票窗口有些是开放的，有些则关闭了，她对此漠不关心。她再次坐下来，抬头看了看挂钟。她摘下了右手的手套，开始摆弄她的手表，那是一块无镶钻的纯铂金手表。眼前的这位女子看上去不算温柔、拘谨或是刻板，但相较之下，弗米莉耶小姐就稍显轻浮了。

和之前几次一样，她稍坐片刻便又起身，在候车室里来回踱步。她走进内厅，随后又进了杂货店，在书报架前停留了片刻。现在我能确定两件事了：第一，如果她约好和人见面，那就是时间还没到。第二，她看起来像是在等换乘火车的样子。她走进了咖啡厅，选了一个高脚椅坐下来，看了看菜单，之后便开始看杂志了。一位女服务员端了一杯冰水走过来，并带来了菜单，这是点餐前必备的程序。服务员在这个女孩点餐之后便离开了，女孩则继续看杂志，那时大概是九点一刻。

我走出拱门，看到一个戴红帽子的男孩在出租车队旁等客人，于是我走过去问他："你为 SC 列车工作吗？"

"算是吧。"他匆匆瞥了一眼我手里摆弄的一元钱，但似乎没有多大兴趣。

"我在等人，他乘坐的是从华盛顿到圣地亚哥这一班列车，你看到有人下车了吗？"

"你是说带着全部行李下车的人吗？"

我点了点头。

他思忖片刻，用那双机灵的栗色眼睛打量着我，最后说了句："是有一位乘客下车了。"

"你的朋友长什么样？"

我描述出一个男人的长相，看上去和爱德华·阿诺德有几分相像的那种类型。

红帽子男孩摇了摇头。

"那我帮不上你什么忙了，先生。下车的人完全不是你所说的样子，你的朋友应该还在车上，因为这班是直达车，所以无须下车。如果要换乘的话，74 站台有一列火车，但 11 点 30 分才出发，现在车还没对乘客开放。"

"谢了。"我说道，并给了他一美元。这样看来，我跟踪的那个女人行李还在火车上，我只需要确定这一点就足够了。

我重返咖啡厅，透过玻璃向里面看。

那个女人一边看杂志，一边享用着咖啡和点心，看上去心不在焉的样子。我挪到旁边的电话亭，打电话给一家熟识的车行，叮嘱他们如果下午我没有再联络他们，就派个人过来取走我的车替我保管。他们常常帮我做这差事，所以留存了车的备用钥匙。我回到车上，把生活用品的袋子拿出来，塞在有锁的箱子里。在宽敞的候车厅内，我买了到圣地亚哥的往返车票，然后快步走回了咖啡厅。

那个女人还在，但这次不是一个人坐在那边了。一个男人坐在对面，对着她又说又笑的，他们显然是认识的，但看得出女人对他并无好感。从那个男人的穿着来看，他是典型的加州人，脚踩着酒红色的懒汉鞋，身穿淡黄色粗布运动外套，内搭一件棕黄色格子的纽扣衬衫，没有系领带。他身高大约六尺，细高挑儿，瘦削的脸庞上写满了自以为是，还有一口凌乱不堪的牙齿。他不停拨弄着自己手中的纸片。

他外套胸前的口袋里塞着一块黄色手帕，就像一束水仙花要从口袋里溢出似的。不言而喻的是，男人的出现让这个女人闷闷不乐。

他一边讲话，一边继续拨弄着纸片，最后耸耸肩，起身离开座位。他向女人靠近，试图用指尖去触碰那个女人的脸，女人下意识地向后躲。然后他把那张有点皱的纸片小心翼翼地在她面前展开，他等待着，嘴角露出笑容。

女人的目光缓缓移向纸片，专心致志地看，正要伸手去拿，男人抢先一步把手缩了回去，把纸片塞回口袋中，脸上依旧在笑。然后他拿出一个和口袋大小差不多的活页笔记本，用一支削过的笔在上面写了一些字，写完随即把这一页撕下来放在女人面前，这一页才是给她的。女人读过上面的内容后便把它塞到了皮夹子里。随即她看了看男人，并冲他笑了笑，我猜她是勉强挤出这个笑容的。男人拍了拍她的手，然后走开了。

他径自走向电话亭，关上门，拨号，然后和对方打了很久的电话。出了电话亭，找到一位红帽子人员和他一起去储物柜。从里面取出一个乳白色的行李箱，还有同款旅行袋，红帽子把行李运向停车场，并跟随那个男人来到一辆油光锃亮的双色别克路霸前，这辆敞篷车车顶不可自由变换。红帽子人员把行李装进汽车座椅下方，拿了小费走开了。穿着运动外套，塞着黄手帕的男人钻进车里，向后倒了倒车，略微停顿了下，戴上墨镜，点了根烟，然后才开走。我记下他的车牌号后，回到了车站。

接下来一个小时过得相当漫长。那个女人走出咖啡馆，又回到候车大厅看杂志。她心神不宁，总要翻回去看前面看过的内容，有段时间她只是捧着杂志，目光无处安放，思绪不停游离。我假装在看一份早报，实则一边监视着她，一边在心里思考对策，眼下的情报派不上用场，只是消磨时间罢了。

不难看出，方才坐在她对面的男人也是从火车上下来的，因为他取出了行李。他们乘坐的可能是同一趟列车，女人的态度说明她不想让男人在其左右，而男人心里清楚，女人一旦瞥见那张纸，就会改变主意。结果与男人料想的一致，原本这一切可以早些时候在车上悄悄商榷，但却延迟到下车之后才发生，这清楚地表明，男人在火车上时还没有拿到那张纸。

在这个节骨眼上，女人突然起身，朝着报摊去了，回来的时候手上多了一包烟。她打开包装，点了一支烟，她抽烟的样子很生疏，显然不擅于此。就在抽烟时，她的情绪波动起伏很大，焦躁和冷酷瞬间占了上风，就好像她是带有某种目的性才去抽烟。我看了看墙上的挂钟，此时已经十点四十七分了，我只好继续行思坐想。

那张褶皱的纸好像是从报纸上剪下来的。她曾试着夺过来，但被男人阻拦了。然后男人在白纸上写下了几个字，女人看过之后，望着他随即露出了笑容。我得出结论：女人有什么把柄落在男人手里了，她只能佯装自己喜欢他。

还有一点，他早些时候已经离开过车站，一定去了某个地方，可能是去取车，可能是拿那张纸，也不排除其他可能性。总之，他暂时不担心女人会从他身旁逃离。眼下的情况说明，男人已经向女人透露了部分信息，其余信息并未浮出水面，至于男人到底有没有把握，这一点有待商榷。但刚刚已经向她亮了底牌，然后男人自己连同他的行李一起随着别克车扬长而去。由此可知，他已经完全掌控了女人的一举一动。如今他们之间有着千丝万缕的联系，女人一定不会断了和他的联络。

十一点零五分时，我打算另起炉灶，重新思考，却毫无头绪。车站广播在十一点十分时响起，通知大家第十一线的列车已经进站了，去往圣安纳、欧申赛德、德尔马和圣地亚哥的旅客可以在第七十四号站台上车。候车厅内人潮涌动，乘客纷纷离开大厅，那女人也是其中一员。还有一批人正在通过检票口，看到那女人检票后，我奔向电话亭。投币后，我拨打了克莱德·乌穆内的办公室电话。

接电话的人是弗米莉耶小姐。

“我是马洛，乌穆内先生在吗？”

她例行公事般回答我：“抱歉，乌穆内先生去法庭了，需要留言吗？”

“我现在要去乘坐开往圣地亚哥的火车，具体在哪一站下，我还不确定。”

“谢谢，还有其他信息吗？”

“当然有，外面阳光充裕，那女人却不像你一样悠闲，她四处奔走，在咖啡店享用了早餐，与候车大厅只有一面玻璃墙之隔。她在候车室等待，有一百五十来个同样在候车的乘客陪伴着她。她现在应该已经上了火车。”

“我都记下了，谢谢你。我会尽快转达给乌穆内先生。你有什么确凿的线索了吗？”“有一点，你对我隐瞒了一些情报。”

她的语气骤变，我想刚刚一定还有别人在办公室里。“伙计，你给我听着，我们是雇你来做事的，要做就好好做！克莱德·乌穆内先生在本城呼风唤雨，你胆敢惹是生非。”

“美人别动怒，我可没有要蹚浑水啊。你知道我的，我的嗜好是酒水，喝完酒心情好的话可能还会唱上几首歌。”

“你会如愿以偿的，大侦探，但前提是——你做好本职工作，别管其他事。听明白了吗？”

“这是你对我说过的最贴心的话，那么我挂了，宝贝儿。”

“等一下，马洛！”她突然间说道，带着焦急的口吻，“你别觉得我待你刻薄。克莱德·乌穆内先生十分重视这个案子，要是没有顺利交差，他会失去这个重要客户。所以我才反复强调。”

“我喜欢你这样，弗米莉耶小姐。我已经铭记在心了，我会不断提醒自己的。”

挂掉电话之后，我通过检票口，沿着斜坡道下去，走了一段路，然后到达第十一号轨道。我找了一节可以吸烟的车厢，一上去，烟雾缭绕，在这儿抽完烟喉咙和肺部一定格外清爽。我点了一袋烟，也加入吸烟大军的行列。

火车缓缓驶出车站，平稳地蜿蜒在一眼望不到尽头的轨道上，随之后退的是东洛杉矶的风景。火车渐渐加速，前方到达的第一站是圣安纳，那个女人没有下车。途经欧申赛德和德尔马时，女人依然没有下车。抵达终点站圣地亚哥时，我冲下火车，拦了一辆出租车，在这座古老的西班牙建筑风格的车站前等了八分钟，直到等到一个红帽子把我的行李带了过来。这时我看到那个女人也出站了。

她没拦出租车，而是去了马路对面转角处一家名叫 U-Drive 的租车行，在里面耗了很长时间，出来的时候一脸沮丧。没有驾照是不能租车的，这是常识，女人理应知道。

这下她只好去乘出租车。车子掉了个头，然后向北驶去。我按照同样的线路，紧随其后。而我的出租车司机在跟踪这件事上跟我有小小的分歧。

“那是侦探小说里才会有的桥段，先生。我们这儿可不流行这个。”

我递给他一张五美元钞票，还有带有我相片的执照——一个长二点五英寸宽四英寸的证件。他仔细地审视了二者一番，核实后才抬头看路。

“很好，但我得上报这件事，”他说道，“信息员可能会报备给警署办公厅，这是惯例，哥们儿。”

“听上去这座城市秩序井然呢，”我回答道，“你已经跟丢了，他们早在前方第二条道左转了。”

司机把我的皮夹子交回我手里。“怎么可能跟丢，”他简明扼要地回答我，“可别小瞧了我这部双向无线电话。”说着他拿起电话，冲里面说了几句话。

他在阿什街左转，车子开上 101 公路，融入车流之中，并以 40 迈的时速平稳前行。我百无聊赖，只好盯着他的后脑勺看。

“放轻松，”司机侧了侧身，头转向后座对我说道，“这五美元是给我的小费，对吧？”

“是的。但你为什么让我放轻松？”

“你跟踪的人要去埃斯梅拉达，那里面朝大海，向北行驶 12 英里左右能到。消息确切，除非他们中途改变主意——就算这样也会有人告诉我。他们去的是一所半岛酒店，名叫 Rancho Descansado(蓝秋 · 德斯堪萨多)，在西班牙语里是放轻松的意思，所以我跟你说放轻松。”

“该死，那我白白破费了出租车钱。”我说道。

“可你享受到了服务，先生。我们又不是杂货店，付了钱哪还有给退的道理。”

“你是墨西哥人吗？”

“我们可不这么说，先生。我们称呼自己为西班牙裔美国人，生长在美国。其中有些人甚至对西班牙语一窍不通。”

“那太可惜了，”我用西班牙语说道，“你们的语言多么美妙。”

“说得好，兄弟。我十分同意你的看法。”他转过头，冲我咧嘴笑，也用西班牙语回答我。

我们朝着托伦斯海滩的方向前行，穿过海峡，环绕岛屿前行。司机时不时地对着无线电话讲话。突然整个头转向我，问我：“你想不想离目标人物近点？”

“我担心的是那个司机，他不会告诉乘客有人在跟踪她吧？”

“他没发现我们。所以我才问你要不要开近点。”

“要是可以的话，就赶超他们，比他们先到目的地。我再加五美元小费给你。”

“那还不是小菜一碟？我保证他不会看到我。把他远远地甩在后面。”

途经一个小型的购物商场过后，眼前的道路一下变得宽阔起来，路两边房屋鳞次栉比，一边的房屋看起来有些年头了，通常价值不菲，另一边新筑的房屋也不便宜。前方的路又变得狭窄，我们进入了限速 25 迈的地带。司机突然右转，在蜿蜒而狭窄的小路上踉踉跄跄，对眼前的停车标志视而不见。我还没来得及看清楚我们到哪儿了，车子已经开到了通往峡谷的斜坡上，与峡谷相邻的是波光闪烁的太平洋海面，海边的沙滩上矗立着金属塔，上面设立了两个救生站。抵达峡谷的尽头之际，司机继续朝前方的门驶去，却被我阻止了。一块绿色的招牌映入眼帘，上面用金字刻着：蓝秋·德斯堪萨多，是旅馆的名字。

“我们找地方藏起来，”我说道，“再确认一下。”

司机把车子倒回公路上，沿着灰墙行驶，一路风驰电掣，然后钻进了一条羊肠小道里，紧接着停车熄火了。眼前有一棵桉树，表皮粗糙，枝叶繁茂，车子便巧妙地隐匿于散落下来的枝干之中。我下了车，戴上一副墨镜，慢悠悠地走向公路，然后懒洋洋地靠在一辆亮红色的吉普车上，车身上印有加油站的字样。一辆出租车从山坡上开下来，紧接着开进了蓝秋·德斯堪萨多旅馆。几分钟之后，那辆车再次开了出来，刚刚车上的乘客已不见踪影，于是车子开始爬坡。我回到我的司机身边。

“车牌号 423，”我问道，“是这辆车吗？”

“正是，现在有什么打算？”

“在这里候着，旅馆的布局是怎样的？”

“一栋栋小别墅，都带有车库，一个车位或两个车位的都有。一楼大堂有办公室。这里旺季和淡季的生意可是差远了。现在正是淡季，空房间不仅多，还打折呢。”

“再待五分钟，然后我去登记入住。行李放好后，找辆车租来。”

他说这毫不费力，埃斯梅拉达有三个租车行，按照时间或里程计数的都有，一定选得到称心如意的车。

我们在原地等了五分钟，这时刚好下午三点整。我已经饥肠辘辘了。

我向司机付清车费，目送他离开后，穿过公路，走进了旅馆的办公室。

PLAY BACK

3

我把胳膊肘搭在柜台上，双眼打量着眼前的小伙子，他系着波点的领结，脸上笑意盎然。我的目光又转向他身旁靠墙站着的女孩，那女孩活力四射，妆容精致，金色的中长发在脑袋后面梳成一束马尾辫，虽然看上去脑子不大灵光。但她有一双温柔的眼眸，当她望向小伙子时，眼中闪烁着微光点点。我也看向小伙子，然后抑制住想要咆哮的情绪。女孩甩了一下头，马尾摇曳出一个美丽的弧形，然后也望向我。

“我很乐意带您看看我们这儿的空房，马洛先生，”小伙子礼貌地说道，“如果决定入住的话，可以待会儿再办理手续，您打算住多久呢？”

“她住多久，我就住多久，”我回答，“就是刚才进来的那个穿蓝色套装的女人，然而我不知道她用了什么名字登记。”

他和女孩同时盯着我看。他们的表情很微妙，却大同小异，眼神带着怀疑和好奇。想必有上百种解释，但我很难想到一个合理的解释。在任何一个旅馆，这件事都说不过去。或许在这里可以一试，其实我也不在意到底行不行得通。

“你们不想让这种事发生，对吗？”我问道。

他轻轻地摇头：“但你却坦诚相待。”

“我不想遮遮掩掩的，真是受够了，你们看到她无名指上的戒指了吗？”

“抱歉，我没注意。”他看了看女孩，女孩正摇头，眼睛却始终看着我。

“上面没有婚戒，”我说，“再也不会有了，一切都结束了，她和我已经恩断义绝。在一起这么多年，唉，提这些也没用。一路上我一直跟着她，从——从哪儿并不重要，她一句话也不肯跟我讲。我还待在这里做什么？真是自取其辱。”我迅速把头别到一边，发出吸鼻子的声音，他们则关切地看着我。“我还是离开这儿吧。”说着我把头转了回来。

“你想挽回这一切，而她不想，对吗？”那女孩轻声说道。

“没错。”

“真令人惋惜，”小伙子说道，“不过，马洛先生，你应该明白，旅馆对安全问题颇为注重。尤其是这些情况，稍有疏忽就会招致祸患，关乎性命的事儿都有。”

“杀人？”我惊讶地看着他，“天哪，这种事儿都做得出来？”

他把双臂都搭到柜台上：“那你想怎么做呢，马洛先生？”

“我就是想离她近点儿，万一她需要我时也方便。我不奢求和她说话，甚至不会去敲她的房门。就是希望她知道我在这儿，能感受到我的真心。我就是想等她，我会一直等下去。”

女孩相信了我的说辞，此时我已成竹在胸。我深吸一口气，继续爆发自己的演技。“我也看不惯那个带她来这里的男人。”我说道。

“哪个男人？送她来的人是出租车司机啊。”小伙子说。但他应该明白我在说什么。

女孩微笑道：“杰克，他说的不是司机。他是说订房的人。”

“我是来确认下，露西儿，我才没那么傻。”杰克说道。他猛然从桌子里拿出一张登记卡放到我面前。右下角可以辨认出拉里·米歇尔的签名，专门填写名字的空当却是另一个人的笔迹，写着贝蒂·梅菲尔德小姐，纽约西查塔姆地区。卡片左上角还是拉里·米歇尔的笔迹，写了日期、时间、房价和证件号。

“你太善良了，”我说道，“看来她现在改回自己的娘家姓氏了。当然了，这又不犯法。”

“只要不涉及诈骗，任何名字都是合法的。你想住在她隔壁的房间吗？”

我睁大了双眼，眼睛微微闪烁，就像从来没有人给过它们闪烁的希望似的。

“听着，”我说道，“小伙子你人真好，但你不能这样做。我不想惹麻烦，但这种事谁又说得准。如果出了事儿，你可脱不了干系。”

“好吧，”他说道，“看来我要多留个心眼儿啊。我看你可不像坏人，你千万别说出去就好。”他从笔筒里拿出了一支笔给我，我写下了名字和住址——纽约城东区61号街。

杰克看了看我的地址：“你住的地方离中央公园很近，对吗？”他随口一问。

“大概隔了三条街再多一点的距离，”我说，“毗邻列克星敦和第三大道。”

他点头，表示自己知道那个地方。我如愿以偿，他去帮我拿钥匙了。

“我想先搁下行李，”我说道，“再去吃点儿东西，顺便看看能不能租辆车来，你方便的话，可以帮我把行李拿到房间去吗？”

对他而言当然是小事一桩。他把我带到外面，指向一片小树林，一幢幢带有白绿相间屋顶的别墅坐落在树林后方，门廊处的走道两旁都是栅栏。其中有一幢是我要入住的别墅，他指给我看。我向他道谢之后，他便转身要回柜台，这时我说：“小伙子，有件事要说一下，她如果知道我也在这里，可能就不会住了。”

他笑了笑：“放心吧，马洛先生，不该我们管的事儿我们不会插手。大多数客人都只来这里住上一两晚——除非是在暑假时节。淡季本就没多少生意，今年也是一样。”

他走进办公室，我听见那女孩对他说：“我还挺喜欢他的，但你不应该这么做，杰克。”

我同样听到了他的回答：“我讨厌那个叫米歇尔的家伙——就算他是老板的朋友那又怎么样。”

PLAY BACK

4

我住的房间还算惬意。家具一应俱全，一个坚实的长沙发，几把没有坐垫的椅子，一张靠着前墙的小桌子，与人齐高的衣帽间。浴室里有豪华浴缸，洗脸池上方的镜子旁装饰着霓虹灯。房间里还有一个小型厨房，置放着冰箱、白色炉子，还有三组炉灶，水池上方的壁挂式碗橱里有一些盘子和器物。我拿了些冰块来，从行李箱里取出一个瓶子，给自己弄了点冷饮，抿了几口，坐在椅子里听着动静。我没开窗户，百叶窗遮掩了外面的光线，屋内一片漆黑。起初隔壁没有动静，后来我听到马桶冲水的声音，显然那女人在房间里。我一饮而尽，点了一根烟，研究着和隔壁房间共用的墙上的取暖器，那是个金属盒子，由两根长磨砂灯管组成，看起来也没什么取暖效果。壁橱里放着一个插电式暖风机，三孔插头，接通电源电压为 220 伏。我取出壁挂取暖器的铬防护装置，拧下灯泡。然后从我的箱子里拿出一个医用听诊器，贴着墙壁上取暖器的金属片听着。要是隔壁房间墙上也有相同的取暖装置——很有可能会有，那就能顺利地监听了。目前连接这两个房间的是一块金属面板和一些绝缘装置，大概仅此而已。

又有好一会儿没有动静，接着我听到拨电话的声音，电话接通后，我听到那女人说："请帮我接埃斯梅拉达 4-1499。"

她的声音从容淡定，音调不高不低、恰到好处，可以听得出她稍有倦意，却无从感知她的情绪。几个小时的跟踪以来，这是我第一次听到她的声音。

在一阵漫长的静默之后，她说道："我找拉里·米歇尔先生，谢谢。"

女人又不作声了，略微顿了一下才说："我是贝蒂·梅菲尔德，住在蓝秋·达斯堪萨多。"她念错了旅馆的名字，是德丝而不是达斯。她接着又说："贝蒂·梅菲尔德，我跟你说过，别这么蠢，难道念个名字也要人教吗？"

这时对方说了些什么，她专心致志地听着。过了一会儿她说道："12C 房间，是你替我订的房，你理应记得……好吧，我知道了……没问题，我会待在这里的。"

她挂断了电话。房间里鸦雀无声，一片死寂。后来有一个空洞的声音缓缓飘来："贝蒂·梅菲尔德，贝蒂·梅菲尔德，贝蒂·梅菲尔德，可怜的贝蒂。你曾经也是个好女孩——那是很久以前的事了。"

我坐在地上的一个条纹垫子上，背靠着墙。我小心翼翼地起身，把听诊器留在坐垫上，然后自己去沙发床上躺着。不一会儿那个男人就会来，女人正是在等他，因为她别无选择。她来这里就是为了见这个男人，我要弄清楚整件事的来龙去脉。

他一定是穿了绉胶底的鞋子，我丝毫没有听到脚步声，神不知鬼不觉地，突然隔壁房间传来了门铃嗡嗡作响的声音。他也没有开车来。我又回到地板上，拿起听诊器开始了监听工作。

那女人开了门，男人走进来向她打招呼："你好，贝蒂。我想贝蒂·梅菲尔德就是你的真名吧，我喜欢这个名字。"我能想象男人说这些话时脸上带着的笑容。

"没错，是我的本名。"说着她关上了门。

他轻声笑道："我以为你会聪明些，编个名字呢。不过，你行李箱上那个姓名的首字母又是什么？"

他的声音，连同他的笑容，都让我感觉浑身不自在。那声音高亢、欢快，充斥着狡黠的幽默感，虽然也说不上是嘲笑，但相差无几。让我心生不快。

"我想，"她冷冷地说道，"你第一眼就只注意到这个了吧。"

"宝贝儿，才不是呢。我首先注意到的可是你，其次是你无名指上戴过戒指的印记，但你却没戴戒指。最后才是那个首字母。"

"别叫我'宝贝儿'，你这个趁火打劫的卑鄙小人。"她说着，语气里夹杂着无言的愤怒。

可这句话没能惹怒他。"我确实乘人之危，亲爱的，但——"他又狂妄地笑了，"——我要的可不是一笔小数目。"

我听到她走路的声音，大概是离他远了一些。"你想喝点什么吗？我知道你随身带着酒。"

"酒精说不定会让我春心荡漾。"

"米歇尔先生，我对你有一件事放心不下，"女人冷冷地说道，"你不能守口如瓶，讲起话来滔滔不绝，而且你眼里只有你自己。我们最好互相理解一下对方。我喜欢埃斯梅拉达这个地方，我曾经来过，也一直想再来看看。不消说，在火车上遇到你，恰好你又住在这儿，最后我也来了这儿，算我倒霉。你竟然认出了我，真不可思议，我只好自认倒霉。”

“亲爱的，我可是走运了。”他得意扬扬地说。

“也许是吧，”她说道，“前提是你没那么自鸣得意。如果你不听劝，可能就要认栽了。”

又是一阵短暂的沉默。我可以想象他们此时此刻，正盯着对方看，僵持不下。那个男人的笑容有一丝僵硬，但不是很明显。

“我想我可以，”他安静地说道，“现在就拿起电话打给圣地亚哥报社。你想公之于众吗？那我大可替你操办这一切。”

“我来这儿就是为了摆脱过去。”她说这句话时苦不堪言。

他大笑道：“多亏了那个糊涂的老法官，你才能躲过一劫。全美国上下只有一个州——据我所知——在审判结果公布之后还可以上诉。你已经改了两次名字，亲爱的，如果在这里报道你的事儿——真是个精彩的故事——或者消息再传得远一点儿，你可有的烦了。”

“所以我才来这里，”她说道，“这不正是你找我的目的吗？你到底要多少钱？估计你要的数目，恐怕目前我只付得起一笔订金给你。”

“我有提钱吗？”

“你早晚都会提，”她说，“你小点儿声。”

“整幢公寓都是你的了，亲爱的。我刚刚环顾四周，其他房间都门窗紧闭，百叶窗拉着，车库连个人影都没有。你要是不放心，我再去旅馆办公室打探一下。我在这儿有的是人脉——你想结识的人、能为你生活提供便利的人，应有尽有。仅凭你一个外乡人，是很难融入这个城里的社交圈的，没有社交活动，你会觉得这里无聊透顶。”

“那你是怎么融入的呢？米歇尔先生。”

“我曾与多伦多的一位大人物有过交情，后来不交好了，他不准我再出现在他眼皮子底下。虽然他给我钱让我滚远点儿，但毕竟相识一场，一提他的名字，仍令人闻风丧胆呢。”

她没有作声。我听到她向远处走了几步，然后传来厨房里寻常的声音，接着是冰块碰撞的声响，显然是从冰盒里倒出来的。水声哗哗地响，之后她的脚步声又回来了。

“我想一个人静静，”她说道，“可能我冒犯了你，我感觉累了。”

“当然没问题，”他的语气很平稳。“你的确累了。”他顿了顿，“那这样，等你恢复体力之后，我们就定在晚上七点半左右吧，我来接你，我们一同去‘玻璃屋’用餐。那里可是吃晚餐的好去处，还有跳舞的场地，又清静。我想有一点一定会吸引你，那个餐厅隶属海滩俱乐部，你自己去的话一定等不到位子，除非有熟人。我可是有很多熟人在那边。”

“一定很贵吧？”她问道。

“的确有些贵。对了，你倒提醒了我。在每个月收到你的支票之前，先给我几美元消遣一下吧。”他大笑道，“没想到啊，我竟然真的提到钱了。”

“几美元就够了吗？”

“你肯给我几百美元当然更好。”

“我全身上下就只有六十美元了——除非去开户或者把旅行支票兑现。”

“你可以在旅馆办公室换现金，宝贝儿。”

“我是可以。你先拿着这五十美元，千万别得寸进尺，米歇尔先生。”

“叫我拉里吧，亲切一点。”

“我可以这样叫吗？”她的语气变了，带有些许邀请的暗示。我能想象到男人脸上浮现出欢愉的笑容。接下来隔壁房间一片静默，我猜想此时此刻男人正把女人紧紧搂在怀中，女人也没有挣扎。最后她说话了，声音有些低沉，“拉里，够了。听我的，现在先回去吧。我七点半会准时到的。”

“再喝一杯就走。”

片刻过后，门打开了，男人说了些什么，我没听清楚。我起身走到窗户那里，透过百叶窗的缝隙仔细地观察。树丛之中有一束光线，顺势我看到男人走到斜坡上，越走越远，直到人影消失不见。我又回到取暖器金属片这里，听了一阵，却听不见任何声响，然后听见奇怪的声音，很快我就弄清是什么声音了。

我听到快步走动的声响，来来回回地。还有拉开抽屉、上锁、箱盖的碰撞声响。

她正在打包准备离开这里。

我把长磨砂灯管和金属片装回取暖器，取下听诊器放回我的行李箱中。夜晚有些凉意，我披上了夹克衫，站在屋子中央一动不动。天色渐黑，我没有开灯，只是站在原地回想所发生的一切。我现在可以去打个电话汇报这些情况，但恐怕我去打电话的时候女人已经上了出租车，乘坐火车或飞机去其他的地方。她可以随心所欲地去任何地方，但只要那位华盛顿的大人物发号施令，始终都会有一位侦探如影随形。当然，她也总会遇到像拉里·米歇尔这样的人，或者遇到知情记者。无论再怎么掩饰，总会露出破绽，或早或晚都会被发现。你就是你，永远摆脱不了自己的影子。

我做着廉价而见不得光的工作，雇主也让我感到厌恶，但——受雇于人就得接受这一切。人家付了钱，我就得出苦力，这是唯一一次我尝到了工作的苦涩。那个女人既不像无家可归的人，又不像是骗子，这表明了她始终在掩饰自己的身份，到目前为止我还无从知晓她的身份。

PLAY BACK

5

我开了房门，走到隔壁房间门口，按了下门铃。里面没有动静，也没人走动的声音。门却突然开了。但由于里面拴着铁链锁，门只开了个小缝，投射出一束光线，却空无人影。门后响起了女人的声音，“是谁在那儿？”

“我可以借一茶杯的糖吗？”

“我这儿没有糖。”

“好吧，那在我的支票进账前，可以给点儿零钱花吗？”

一片沉寂。门又开大了一点，女人的脸露了出来，一双大眼睛在昏暗的灯光中打量着我。她的眼眸深邃，就像黑夜中的两潭池水，隐匿于树丛中的照明灯不时地打在池水上，闪闪发光。

“你到底是谁？”

“我是你隔壁房间的住户，我正在小憩的时候，被你们的说话声吵醒了，听着你们的谈话内容，不知不觉就着了迷。”

“你上别处好奇去。”

“这没问题，金太太——抱歉，梅菲尔德小姐——但我还不确定你到底想不想让我走呢。”

她一动不动，连眼睛都不眨一下。我从烟盒里抽了一支香烟出来，尝试着用大拇指摩擦打火机顶端的滚轮点火。这并不复杂，谁都可以单手完成这个动作，但这个程序略显尴尬，你可能做不到很自然的样子。最后我成功了，把香烟点着了，打了个哈欠之后，鼻子里的一缕烟雾喷薄而出。

“又来一个，你想怎么样？”她问我。

“严格来讲，我现在应该打电话给洛杉矶那边雇用我的人汇报你的情况了，看看你有没有本事说服我，兴许我就不汇报了。”

“我的天哪，”她热切地说，“一个下午碰到两个这样的人，我真是走了狗屎运！”

“我也不知道，”我说道，“我一无所知，我也是受雇于人，雇主可能是个笨蛋，这谁说得准。”

“你等一下。”她在我面前关上了门，很快，她把铁链锁头从凹槽里取出，门打开了。

我缓缓地走进去，她随之后退，有意躲着我。“你到底听到了多少内容？顺便关上门，谢谢。”

我用肩膀撞了一下门，门关上了，我倚在门上。

“听到了那段暧昧的尾声吧。要知道，隔墙有耳啊。”

“真会演戏，你没少上台演出吧？”

“恰恰相反，干我们这行的哪有几个会抛头露面的？我是菲利普·马洛，我们之前见过的。”

“有吗？”她迈着谨小慎微的步伐，又远离了我一点，移动的时候经过了她敞开着的行李箱。她靠在椅子扶手上，问道：“在哪里？”

“洛杉矶联合车站。我们都在等换乘列车，你和我都是。我对你很有兴趣，所以我很好奇你和米歇尔先生之间有什么瓜葛，对了，米歇尔是他的名字对吧？我当时在咖啡馆外面看到你们，但什么都没听到，看得也不清楚。”

“什么让你这么感兴趣呢，什么风能把你吹来？”

“我刚刚已经说了一部分了。还有一点引起了我的注意：你和他交谈完简直像变了一个人。我眼睁睁地看着这一切，显然你是有意而为之。那时的你看上去就是一个毫无感情的冷美人，你到底是怎么做到的？”

“在那之前我是怎样的呢？”

“一个文静善良的女人，看起来很有教养。”

“这只是你看到的样子，”她说道，“你怕是想象不到我的本性，你不知道的事儿多了去了。”说着她从身边拿起了一把小型自动手枪。

我看了看手枪。“噢，是枪啊，”我说，“但别以为有枪就能吓到我，我这一辈子都在和枪打交道。我还是个小男孩儿的时候就开始玩一把旧德令加枪，只有单发子弹，就是那种船上的赌徒常常佩带的枪。长大一点儿之后，就能熟练使用轻便式的运动步枪了，紧接着是 0.303 口径的打靶步枪。有一次我在九百码开外瞄准了一头公牛，多说一句，那么远的目标距离，公牛看起来就像一张邮票一样渺小。”

“真是有趣的职业。”她说道。

“靠枪解决不了任何事情，”我说道，“只会火上浇油。”

她微微一笑，把枪从右手转移到了左手上。这时她的右手抓住了自己的衬衣领子边缘，突然间撕扯下来，衬衣开口直到腰部。

“接下来，”她说道，“不急，慢慢来，我像这样把枪转过来”——她又用右手接过了枪，但拿着枪管部分——“我可以用枪柄在自己的脸颊上制造一个完美的瘀伤。”

“然后，”我说道，“你把枪调整到正确的位置，启动安全装置，扣下扳机，那个时候估计我已经浏览完运动周刊的头条新闻了。”

“你逃不掉了，别想从这个房间出去。”

我往后躺了躺，跷起二郎腿，拿起椅子旁桌子上的绿色玻璃烟灰缸，放在我的膝上，我右手食指与中指之间夹着一根烟，我正在抽烟。

“我才不走呢。我就这样坐在这里，又舒服又享受，何乐不为呢？”

“那你就等死吧，”她对我说，“我可是神枪手，更何况你我之间的距离远远不到九百码。”

“然后你就准备向警察说明我是怎么袭击你的，你是出于自卫才开枪打死我的。”

她大笑着把手枪扔到了行李箱里。她的笑声爽朗、真挚，让人觉得真的是太好笑了才会笑成这个样子。“抱歉，”她说道，“要是你跷着二郎腿坐在那里，脑袋上被子弹留下了一个洞，我还得解释我是为了保护自己才开的枪，这个场面实在太滑稽了。”

她瘫倒在椅子里，手肘架在膝上，用手托着下巴，整个身体呈现前倾的姿势。她的脸始终紧绷，看上去疲惫不堪，她那一头浓密的深红棕色秀发完美地修饰着她的脸庞，看起来颇为娇小。

“你到底想做什么呢，马洛先生？或者说——你是希望我做些什么来答谢你，兴许这样你就会保守我的秘密了？”

“爱利诺·金是谁？她在华盛顿做什么？她为什么要在旅途中改

名字，并抛弃了行李箱上属于她本来的姓氏呢？我希望你能把事情的来龙去脉一五一十地告诉我，不过你也有可能什么都不说。”

“你是说姓氏啊，怎么说呢，那是提行李的人拿掉的。我和他说我曾有过一段不愉快的婚姻，离婚之后，法律允许我恢复原本的姓氏。就是伊丽莎白或者贝蒂·梅菲尔德，这也说得通，你说呢？”

“没问题，那如何解释米歇尔的事情呢？”

她向后靠了靠，稍作轻松了一些。“只是在路上结识的一个人而已，他和我坐同一列火车。”她的眼神仍然带有警惕性。

我点了点头。“但他可是自己开车来这儿的，还提前为你订了房。虽然当地的人并不喜欢他，但很明显他一定认识某个能够呼风唤雨的大人物。”

“在火车上或者船上认识的人，常常都是一拍即合。”她对我说。

“看来确实如此，你们熟络得可真快，他都开始向你要一大笔钱了。但你似乎也不是那么喜欢他呀。”

“没错，”她说道，“借钱又怎样？我现在可是疯狂地迷恋着他呢。”

她扭头，看向地面：“到底是谁雇你来的，马洛先生，你来又是为了什么？”

“是一个洛杉矶的律师雇我的，他也是听从美国东部某人的指示，要求我跟踪你，记录下你入住的旅馆，我都照做了。但现在你要离开了，之前的努力就白费了，还要从头再来。”

“但你的行踪已经暴露了，”她颇为机灵地说，“现在你再想跟踪我怕是行不通了。我猜你应该是个私家侦探之类的吧。”

我说是的。这时我已经消磨完一整根烟，烟蒂在烟灰缸里捻灭了之后，起身把烟灰缸放到桌子上。

“对于我来说变得困难了，但跟踪你的人又不止我一个，梅菲尔德小姐。”

“确实不少呢，但他们都是不错的人，有几个看上去还挺舒服的。”

“警方还没对你下通缉令，但他们要想找你真是易如反掌。你的行程已经暴露了。我都能拿到你的照片，上面把你介绍得一清二楚呢。你现在对米歇尔言听计从，但他想要的可不光是钱啊。”

我觉得她脸上泛起了红晕，但光线没有直接打在脸上，我看不清楚。“也许是这样吧，”她回答说，“但我可能并不介意。”

“你介意。”

她陡然起身，慢慢走近我：“你这个差事也赚不了多少钱，对吗？”

我点点头。此时我们靠得非常近。

“那你觉得给你多少钱才能让你从这儿走出去，假装从来没有看到过我呢？”

“让我走可以，我一分钱也不要。至于看没看到你呢，我总得向雇主打个报告吧。”

“到底要多少钱？”她颇为认真地问我，“我可以付你一笔专业预付费用。是叫这个吧，我也听人提起过，这个词可比‘敲诈’好听多了。”

“别把这两个词混为一谈。”

“其实是一回事。相信我，很多时候——有不少律师和医生都是这么做的，我碰巧知道。”

“那你一定吃了不少苦头，对吗？”

“才没有呢，大侦探。我一直很走运，所以才能活到今天啊。”

“我可没你这样的福气，你可要珍惜啊。”

“算了吧，你什么都不懂！”她拉长了语调，“你不过是个没有主见的侦探罢了。随你说去吧，我根本不在乎你。赶紧走吧，大侦探，马洛先生，打电话去告密吧，我不拦着你。”

她向门口走去，我一把抓住了她的腰部，她猝不及防地转了一圈。撕扯过的衬衫也没有过于裸露，只看得到部分肌肤和内衣的一角。在海边看到的可比这吸睛多了，但却不常看到撕破的衬衫，所以此情此景下，显得格外诱人。

从她的反应中我发现，我一时间可能色迷心窍了，多看了几眼，因为她的手突然弯曲，尝试着抓我。

“你当我饥渴难耐？”她咬牙切齿地说，“把你的爪子拿走！”

我非但没有松手，还试图用双手抱紧她的腰间。她想用膝盖撞我的腹部，但我抱得太紧，她完全没有施展拳脚的空间。后来她也动弹不得，头向后仰，闭上了双眼。她的嘴唇微张，弯成了一种带有讽刺意味的弧度。今夜天气微凉，下过雨后更添寒意。而我们俩则是欲火焚身，丝毫感觉不到寒冷。

片刻过后，她叹息着和我说自己要梳妆打扮去参加晚宴了。

我不情愿地回答她：“嗯，好吧。”

又过了一会儿，她和我说很久没有男人这样为她宽衣解带了，我们在双人床上缓缓地翻身。房间里只有粉色和银色相间的床单是看起来有些奇怪。

她睁着眼，眼里流露出古怪的神情。由于我们靠得太近，我无法仔细端详她的双眼，只好先看向一侧的眼睛。这样的视角仍看得出她的一对明眸是如此相称。

“宝贝儿，”她轻声说道，“和你在一起感觉太甜蜜了，但我时间真的不多了。”

我迎面贴上了她的嘴唇。这时好像听到有钥匙在门锁里晃动的声响，我没太在意，只顾着与她尽享这一刻。突然门“咔嚓”一声开了，拉里·米歇尔先生走了进来。

我们的缠绵被打断了，我转身发现他正垂下眼睑注视着我，他大概高六英尺一英寸，身体粗野并结实。

“我想了想，还是决定去办公室看看，”他心不在焉地说着，“有人订了 12B 房间，就在你入住之后没多久。这不是很奇怪吗？明明有那么多空房，偏偏选择住你隔壁。然后我借来了备用钥匙，床上的这个肌肉男是谁呢，宝贝儿？”

“你忘了她和你说的话了吗？不要再叫她‘宝贝儿’！”

他对我的话置若罔闻，或者压根儿没听见，只轻轻地握了握拳。

女人回答：“他是一位私人侦探，名叫马洛，是受人雇用来监视我的。”

“那我似乎打搅二位的好事儿了，跟踪都跟到床上去了。”

她猛然从我身边起来，从行李箱里拿了手枪出来。“我们就是在谈钱。”她告诉男人。

“又错了，”米歇尔说道。他面色红润，眼睛则过于明亮。“尤其是刚刚那种情况下，你根本用不着拿枪，宝贝。”

他给我一记右勾拳，出手迅速、位置准确。我躲掉了这一拳，敏捷而冷静。但右勾拳可不是他的拿手绝活，原来他也是左撇子。在洛杉矶的联合车站我竟然没看出来，职业侦探绝不会放过任何蛛丝马迹。我虽然躲过了他的右勾拳，但接下来就没那么幸运了，他一个左勾拳将我击倒。

那一拳打得我后脑勺嗡嗡作响，一时间失去了重心。等我恢复过来的时候，男人已经从旁边冲过去，夺走了女人手里的枪。他把枪抛在空中，枪沿着抛物线轨迹又落回了他的左手中。

“别那么紧张，”他对我说，“虽然都是老掉牙的说辞，但你信不信我能在你身上开一枪，然后逍遥法外，谁也逮不着我。”

“好啊，”我低吼道，“要是只给我五十块，恕不奉陪，想开枪打我，出场费怎么也得七十五块。”

“转个身吧，老兄，我看你身上的钱包不错。”

我趁机朝他扑了过去，他连人带枪都摔倒在地。要是他惊吓过度可能会开枪，但在他自己的地盘上，根本无须惊慌。虽然我很笃定这一点，但一旁的女人摸不准男人是否会开枪。我依稀看见她抄起了桌上的威士忌酒酒瓶。

我擒住了米歇尔的脖颈，他狂叫不止。他还手打我，但都是无关痛痒的地方。和他比起来，我显然更胜一筹，但我没有打赢他，那时不知道从哪里冒出来一个全副武装的家伙，一下踢中了我的后脑勺。我眼前一片天昏地暗，只觉得看到了一阵火光。

PLAY BACK

6

我的第一反应是，这时如果有人冲我粗鲁地讲话，我一定会大吼大叫起来，直至崩溃。另一个感觉是，我头脑不断膨胀，这个房间已经容不下我的脑袋了。前脑与后脑勺似乎相去甚远，左右两侧也早已天南地北，更要命的是，脑海中一直回荡着一种枯燥、令人生厌的噪声，就像鼓点一样响个不停。

第三，不远处一直充斥着嘈杂的吵嚷声。最后才发觉，有阵阵冰冷的水流淌过我的背部。睁眼以后看到床单，想必我现在一定是脸趴在床上——前提是我的脸还完整无损的话。我慢慢地起身，一阵嘎吱作响的声音过后，只听见“扑通”一声，那咯咯的响声戛然而止。发出怪声的是一块拧着的毛巾，里面包裹着不少冰块。不知道是哪个不够疼爱我的家伙在我背上一怒之下拍了这么个东西，我想应该是那个男人做的，他可是很情绪化的。

我站起来，摸了摸屁股。钱包还在左边的口袋，但扣子已经被人解开了。我翻了翻里面，什么也没丢。大概我的身份已经暴露，但也无妨，不用再保密了。我的箱子在床角处敞开着，看来有人把我扔回了自己的房间。

我走到镜子旁，看着自己在镜子中的脸颊，并无异常。于是我又走到门口，把门打开。门外传来一片嘈杂的吵闹声，一个体形较胖的男人出现在我视野的右前方，倚在栏杆上。他属于中度肥胖，他的肉看上去却不是那么松弛。他戴着眼镜，头上一顶暗灰色的毡帽，遮住了他的大耳朵。他外套的领子翻起来立着，双手插在大衣口袋里。他头部侧边露出来的头发是蓝灰色的。看起来他很耐得住性子，就像大多数胖男人一样。从门口打进来的光线经由他的眼镜又反射回来，他嘴里衔着个烟斗，还有一种叫法是“玩具斗牛犬”。我仍觉得目眩神迷，但很清楚他的出现让我很烦心。

“晚上好。”他对我说。

“你想怎么样？”

“我来找人，但你不是我要找的那个男人。”

“这儿只有我自己。”

“好吧，”他说，“谢谢。”他转过身背对我，用腹部倚在门廊的栏杆上。

我穿过走廊，向着噪声源走去。12C 的房门敞开着，灯光明亮，一个穿绿色制服的女人正在用吸尘器清洁房间，噪声的声源找到了。

我进入房间，四下打量着周围。打扫卫生的女人暂时关掉吸尘器，盯着我问道：“有什么事儿吗？”

“梅菲尔德小姐去哪儿了？”

她摇摇头，表示不知道。

“就是先前住在这个房间的那位女士。”我说道。

“噢，你说她啊。半小时前，她退房了。”她又打开了吸尘器。“最好去问办公室的人吧，”她在噪声中冲我大喊着，“有新客人要住进这间房了。”

我后退了几步，关上了门。顺着吸尘器上的电源线在墙上找到了电源，一下拔出了插头。穿绿色制服的女人对我怒目相视。我走近她，递给她一美元钞票，她这才平息了一些怒气。

“我就想用下电话。”我对她说。

“你自己房间没电话吗？”

“别管那么多，”我说，“一美元足够让你闭嘴了。”

我来到电话旁，拿起听筒。听见一个女生的声音：“这里是办公室，请问有什么可以帮您的吗？”

“我是马洛，我现在心情非常糟糕。”

“你说什么？噢，是马洛先生。有什么需要我们帮忙的吗？”

“她走了。我还没来得及和她说句话。”

“这样啊，实在是抱歉，马洛先生，”她听起来很诚恳，“她是离开这儿了，我们无能为力……”

“她有说接下来去哪儿吗？”

“她付好房费就走了，先生。走得很匆忙，没有留下任何地址。”

“和米歇尔一起？”

“很抱歉，先生。我看到只有她自己。”

“你不可能什么都没看到，她是怎么离开的？”

“坐的是出租车吧，我觉得……”

“好的，那多谢你。”我返回我的房间内。那个中度肥胖的男子正舒服地坐在我房间的椅子上，跷着二郎腿。

“谢谢你来看我，”我说道，“不过你光临寒舍有什么事儿吗？”

“告诉我，拉里·米歇尔在哪儿？”

“拉里·米歇尔？”我认真地回想，“我认识吗？”

他打开皮夹子，抽出一张名片。努力伸直双腿然后把名片递给我。上面写着：哥布尔和格林，调查人员，密苏里州，堪萨斯城，普鲁登斯大厦301室。

“你的工作想必很有趣，哥布尔先生。”

“别拿我开涮，浑蛋。我的脾气很火暴。”

“那好，让我们来看看你有多火暴。你生起气来会怎么样？难不成会咬自己的胡子？”

“你这个蠢货，我根本没有胡子。”

“那就蓄起来吧，我可以慢慢等。”

他这次迅速起身，向下看了看自己的拳头。突然间不知道从哪掏出一把枪，“蠢货，你还没挨过枪柄打吧？”

“别吹嘘了，真无趣。你脑子里装的都是糨糊吗？”

他的手止不住颤抖，脸涨得通红。然后把枪放回肩上的枪套里，蹒跚地走到门口，然后回头对我咆哮：“我饶不了你，我们走着瞧。”

这次就放他一马，这种小事根本不值得放在心上。

7

没过多久我去了办公室。

“好吧，我也没辙了。”我说道，“你们俩有人注意到是哪个司机把她载走的吗？”

“乔·哈姆斯，”女孩不假思索地说，“你可以在通往大广场的半路上找到他，或是打给出租车公司找他。他是个相当不错的家伙，他曾经对我很是殷勤呢。”

“想你想得从这儿追到了帕索罗布斯。”另一个男孩子揶揄道。

“噢，那我就不清楚了。你又不在场怎么知道的。”

“是啊，”他叹了口气，“你想想，一个男人为了赚足够的钱买房，每天工作二十来个小时，好不容易攒够的时候，他的女人早不知道和其他男人上哪里厮混去了。”

“她才不是你口中的那种女孩，”我补充道，“她在逗你呢，她每次看你的时候眼睛都在发光呢。”

我离开了这里，留下他们二人沉浸在彼此甜蜜的笑容里。

埃斯梅拉达和大多数小镇一样，有一条主干道，道路两侧衍生出许多商业机构，大约延伸了几个街区，周围仍然有很多亘古不变的居民楼。但又区别于大多数加州的小镇，埃斯梅拉达没有虚假光鲜的表面，没有低俗的广告牌，没有方便开车人士的汉堡外卖店，没有出售香烟的小贩或是练球房，街角处也没有欢迎游客的牌子。中央大道两侧的商店店面看起来不算古老狭窄，也不像现代化的玻璃和不锈钢装潢那样艳俗，门口更没有炫彩夺目的霓虹灯。在埃斯梅拉达，不是每个人都坐享荣华富贵，也不是所有人都无忧无虑，不是说街上每个人都开着凯迪拉克、捷豹或者宾利，但居民消费指数相对较高，这里的奢侈品店丝毫不亚于那些在比弗利山庄的豪华店面，只是没有那么光鲜亮丽。还有一点细微的差别，埃斯梅拉达那些古老的东西很干净，甚至别有雅致。但在其他小镇，旧的东西就是破旧不堪的。

我停在街区中间，右前方就是电话叫车处，当然它早已关门。入口处却有一块凹进去的空间，这样的设计好像是刻意而为之，凹室里放着两个深绿色的电话亭，像是两个站岗的亭子一样。街对面停着一辆黯淡无光的浅黄色出租车，就停在路边红线对角上。灰头发的司机坐在驾驶席上看报。我穿过马路走到他身边。

“你是乔·哈姆斯吗？”

他摇头，“他要过会儿才回来，你要叫车吗？”

“不需要了，谢谢你。”

我从他身边走开，盯着商店的橱窗看。橱窗里有一件棕色和米色格子的运动衬衣，这让我想起了拉里·米歇尔。店内三三两两地摆放着胡桃色的粗革皮鞋、进口花呢、男士领带，还有与之相配的衬衫，空间颇为宽敞。店里镶嵌着一块红木板，上面雕刻着一位曾经举世闻名的运动员的名字。

电话铃响了，刚才那个出租车司机从车里出来，穿过人行道去接电话。他说了几句话后，挂掉电话，钻进他的车，从对角线倒车出来。他把车开走以后，街上一时间空空荡荡。过了一会儿，才有几辆车零零星星地经过，还有一个穿着很潮的小帅哥和他的漂亮女友踱步过来，一边看着各种商店的橱窗，一边谈天说地。有一个穿着绿色侍者制服的墨西哥人开着一辆不具名的克莱斯勒轿车驶过——也许就是他自己的车——他走进药店，买了一条香烟。又把车子开向旅馆。

另一辆米黄色的出租车转悠到了角落里，缓缓地把车子停在红线上，车上署着埃斯梅拉达出租车公司的名号。一个彪形大汉从车上下来，他戴着厚镜片的眼镜，去查看墙上电话是否有来电情况，然后回到车里，从内后视镜下方抽出一本杂志。

我朝他慢慢走去，得知他就是我要找的人。他没穿外套，衣服袖子卷到胳膊肘以上，这个季节还不至于热到穿比基尼泳衣。

“没错，我就是乔·哈姆斯。”他把一颗药丸放进烟管，随后用他的朗生牌打火机点着了烟管。

“蓝秋·德斯堪萨多旅馆的露西儿让我来找你，你这儿应该有一些我需要的消息。”我靠在他的车上，冲他露出我热忱的微笑。要不然我只能踢路桩来解气。

“你想问什么？”

“你今晚从那个旅馆接走过一位旅客吧，她住在 12C 房间。一个高个子、红头发、身材姣好的女人。她叫贝蒂·梅菲尔德，虽然她可能也不会和你说她的名字。”

“大多数人只会告诉我要去哪儿，这不奇怪吧？”他从肺里向挡风玻璃吐出一口烟，看着烟雾弥漫在车里。“发生什么事儿了？”

“她是我女朋友，从我身边跑走了。我们吵了一架，都是我的错。我想找到她和她道歉。”

“你女朋友家在哪儿啊？”

“离这儿十万八千里呢。”

烟还叼在嘴里，他用小拇指弹了弹烟灰。

“没准她在算计你呢，没准她根本不想让你知道自己去哪儿了。你已经够走运了，能在镇上的旅馆待上一夜还毫发无损，要是你要什么花招，他们可饶不了你。”

“没准我还是个骗子呢。”我边说边从皮夹子里拿出一张名片。他看完之后还给我。

“还好，”他说道，“没那么糟糕。但这违反了公司规定啊，出了事我可不想吃不了兜着走。”

“给你五美元怎么样？这样还违反规定吗？”

“不是我不爱钱。而是这家公司是我老爹开的，让他知道我这么做的话肯定会暴跳如雷。”

墙上的电话铃响了。他从车里溜出来，大步流星地走过去。我站着一动没动，就在咬嘴唇。他打完电话回来进了车里，坐在驾驶位，手握方向盘，整个过程就像是一气呵成的一样。

“我得闪了，”他说，“真对不住。再待下去我就赶不及了。刚从德尔马那边得到消息，7 点 47 分开往洛杉矶的火车要在德尔马停下。德尔马是这一带主要的停靠站，很多人都去那儿乘火车。”

他发动车子，贴着出租车把抽完的烟蒂丢到了大街上。

此时我说了句，“谢谢。”

“谢什么呢？”他倒车完脚踩油门开走了。

我再次望向手表，计算时间和距离。德尔马离这里有 12 英里远，载客过去德尔马，把乘客放在火车站，再返回这边的话，怎么也得一个小时。他一定是想暗示我什么事，不然告诉我这些又有什么用呢？

我一直看着他的车子，直到它消失在视线尽头，随后我穿过马路到对面的电话亭。我让亭子的门开着，放入一枚十美分硬币，拨了人工服务号码零。

“请帮我接到西洛杉矶，由对方付费。”我把电话号码念给她。“要克莱德·乌穆内先生接听，我是马洛，我现在在埃斯梅拉达四——二六七三的公用电话处。”

她还没等我说完，就已经接通了电话。马上传来对方刺耳、急躁的声音。

“是马洛吗？你该向我汇报了。没错……开始吧。”

“我人在圣地亚哥。我跟丢了。我打盹的工夫她就溜走了。”

“我就知道你是个自以为是的家伙。”他愤愤地说。

“也没听起来这么糟，乌穆内先生。我对她的行踪有个大致的方向。”

“我要的是准确消息。我雇你来是期望你按照我的要求做事。你说的大致方向是什么意思？”

“那你能给我解释下这到底是怎么一回事吗，乌穆内先生？一开始跟踪她，不明所以地上了火车。你的秘书给我一大堆她的性格资料，但那些东西压根儿用不上。你难道不想让我心甘情愿地为你工作吗？你说呢，乌穆内先生。”

“你需要知道的东西，我想弗米莉耶小姐都已经转达过了，”他语带抱怨，“我也是为华盛顿一家知名律师公司做事，他们的客户目前不希望透露自己的名字。你只需要跟踪这个女人，记下她停留的地方，当然不是指她去过哪个洗手间或是汉堡店，我要你记下她住过的旅店、公寓或是认识的民宿。就这么简单，你难道还有疑问？”

“我不是为了简单起见，乌穆内先生。我要了解这件事的背景。这个女人是谁，她是哪里人，她做了什么，为什么要我跟踪她。”

“为什么？”他斥责我，“你以为你是谁？轮得到你来问为什么吗？找到那个女人，弄清楚她的具体位置，打电话给我汇报。你要想拿到报酬，就照我的指令老实做事，越快越好！我限你明天上午十点之前找到她，不然我就另作打算。”

“知道了，乌穆内先生。”

“你现在精确位置在哪呢？电话号码是多少？”

“我只是在四处游荡。有人用威士忌酒瓶在我头上砸了一下。”

“噢，那真是太惨了，”他讽刺地说，“那瓶酒总是你喝完的吧。”

“可能情况更糟糕呢，乌穆内先生，没准有人已经盯上你了。明天上午十点左右我会打电话给你办公室。我会找到她，别担心。更何况还有两个家伙也在找她呢。一个是本地人，名叫米歇尔；另一个是堪萨斯城的私家侦探，名叫哥布尔，他还佩带着枪。就这样，晚安，乌穆内先生。”

“先别挂！”他咆哮着，“等一下！你说什么？还有两个人在跟踪她？”

“你还问我？我才一头雾水好吗？看来你对这个任务也不是很清楚啊。”

“别挂！你等一下再挂！”接下来是一阵静默。接着他的声音趋于平和，不再冲我吼叫：“明天一大早我会先打给华盛顿那边了解情况，马洛。要是我刚才情绪激动对你大吼大叫，还请海涵。看来我还要为这个案子多下功夫才对。”

“没错。”

“你要是需要联系，就打给我。随时都可以。”

“好的。”

“那么晚安。”他挂掉电话。

我把话筒放回去，深吸一口气。头虽痛，但感觉不到眩晕了。我呼吸着夜晚凉爽的空气，空气中夹杂着海雾的味道。我离开电话亭，向街对面望去。之前那个年纪大一些的司机又回来了，车停在对角线上。我闲逛着过去，问他去往“玻璃屋”的路怎么走，这个地方是之前米歇尔答应带贝蒂·梅菲尔德小姐去用餐的场所——虽然并没有问过她的喜好。司机把路告诉我，我谢过他之后，便又穿过空荡荡的街道，回到马路另一边，爬进我租的车里，沿原路返回。

很有可能梅菲尔德小姐已经赶上那趟 7 点 47 分的列车，去往洛杉矶或是其他途经站。但她没有乘车的可能性更大。如果一个出租车司机收了把客人带到车站的费用，那还不至于在周边逗留，直到确保客人上车后才离去。没有人可以轻易地动摇拉里·米歇尔的想法。他既然手中握着梅菲尔德小姐的把柄，足以让她来到埃斯梅拉达，那么这个把柄肯定会让她留在这儿。米歇尔知道了我的身份和计划，但他不知道我是受谁指使，因为连我自己都不甚清楚这一点。但凡他有点脑子，就应该想到我会沿着出租车这个线索追踪梅菲尔德小姐。我的第一种设想是：他开车去了德尔马，把他那辆体积庞大的别克车藏在某个隐匿的角落里，然后静候她乘出租车过来。出租车离开后，他把她拦住，又开车载回埃斯梅拉达。第二种设想是：

她缄默不言，不肯向他透露任何未知信息。我是一个洛杉矶私家侦探，受雇于匿名客户去跟踪她，但我犯了错，不应该和她如此亲近。这会让他很困扰，觉得自己失去了主导权。至于他手中的消息，不管是什么内容，如果单单是从剪报里得来的，那可别指望着那些东西永远奏效。恐怕只有那些足够感兴趣和有耐心的人才会及时搅和进来。但这些消息对于那些雇私家侦探的人来说肯定也不是什么秘密。反之，也就是说，无论他试图用何种手段来中伤贝蒂·梅菲尔德小姐，无论是贪图钱财或是美色，也只能逞一时之快。

峡谷前方三分之一英里处立着一块发光牌子，上面的箭头指向海边，用手写字写着“玻璃屋”。这条路逐渐趋于一片平和的气氛，两侧悬崖边上矗立着不少房子，温暖的灯光从窗口透出，还有修剪得平平整整的花园，墙面是粉饰过的灰泥质地，瓷砖里时不时地夹杂着一些鹅卵石或砖块，颇有墨西哥式建筑的韵味。

我驶过最后一个山头的最后一个转弯处，迎面扑来一股新鲜海藻的味道，玻璃屋的灯光在迷雾中若隐若现，远远望去好似琥珀的光泽，舞池里的音乐声已经飘进了停车场。我停车时，感受到远方涌来的海啸声。无人看车，只需锁好车就可以进去了。

停车场停着二十多辆车，别无其他。我四下打量一番，果然看到一辆别克路霸，车牌号也和我口袋里记下的如出一辙，这和我预想的一致。它就停在入口的位置，紧邻一辆浅绿色和象牙白色的凯迪拉克敞篷跑车，车上配备着乳灰色的真皮座椅，一块旅行用格子毛毯加盖在前座防止受潮，车上的配件一应俱全：两个带观察镜的巨型聚光灯、一根长度足够捕鱼船使用的无线电天线、一个可折叠的铬制行李箱——出远门时既方便携带又不失风度、一块挡风玻璃用的遮阳板、一块能映射出交通灯的棱角形反光镜——在遮阳板挡住视线时可以发挥作用、一个带有许多按键的多功能收音机、一个集烟灰缸与打火机于一体的装置，还有许多新奇的装置，我认为用不了多久车主就会在车里装上雷达、唱片录音设备、迷你酒吧以及防空电能装备。

我用可夹式手电筒打光，照到了刚才那一幕幕景象。现在我将光挪到车主的驾照上，看到车主的名字是克拉克·布兰登，住在加州埃斯梅拉达的卡萨·德·伯尼恩特旅馆。

8

大堂入口是一个露台，从那里可以俯瞰吧台和用餐大厅两个区域。顺着铺着地毯的螺旋楼梯下去可通往吧台。楼上除了一位衣帽间的女服务生和一位老者以外，别无他人，老者正置身于电话亭里，透过他打电话的神情，看起来冷若冰山，千万别去愚弄他，否则只会惹祸上身。

我从楼梯上下来，在酒吧里找了个角落的位置，舒服地窝在那里，这个位置视野极佳，整个舞池尽收眼底。这个建筑一边是落地玻璃窗，此时窗外浓雾弥漫，要是在没有大雾的晚上，月亮低低地垂在海面上，一定别有一番景致。三个墨西哥人组成的乐队正在表演他们的曲目，那是典型的墨西哥风格音乐，每首歌听上去都是同一个调子。他们唱的曲目总那么单调，他们发元音字母时口型总那么饱满，就像含着糖块在唱歌似的，主唱总是在漫不经心地弹着吉他，唱着关于爱情的心事，男主人公心心念念却得不到的女主角永远叫“琳达”，他总是留着一头长发，看起来油光锃亮的，要不是在讲述爱情，男主人公看起来跟街头巷尾的小混混没什么两样。

有六对情侣正在舞池里暧昧地热舞，全然不管还有一位患有关节炎的守夜人。他们贴面而舞、十分亲昵，舞蹈此刻成为他们交流的唯一话语。男士们穿着白色晚礼服，女士们则报以流转的眼波、烈焰红唇和玲珑有致的身材。其中有对情侣与其他人格格不入，他们没有脸贴着脸，男子由于喝得烂醉已经跟不上舞步，女子则赶忙躲闪着脚步，生怕男子踩到自己的高跟鞋。这下我可不担心跟丢贝蒂·梅菲尔德小姐了，舞池里那对不合群的情侣正是她和米歇尔，看得出她闷闷不乐。米歇尔张着嘴，正冲她露齿笑呢，他涨红了脸，双眼直勾勾地盯着梅菲尔德小姐看。贝蒂尽量用双手抱头，倾尽全力地躲避他，差点儿没扭到自己的脖子。显然她已经对拉里·米歇尔忍无可忍。

一位墨西哥侍者来到我身边，他上身穿着绿色短夹克，下身一袭白色长裤，侧面是一道绿色条纹，我点了双分量的吉布森鸡尾酒，顺便问他这里有没有俱乐部三明治可以点。他笑容开朗地回答我：“好的，先生。”然后便消失了。

音乐戛然而止，接着响起一阵断断续续的掌声。乐队演奏人士深受鼓舞，又弹奏一首曲子。一位黑发领班在问候各桌客人，脸上洋溢着笑容，四处寒暄，颇有巡回剧团的赫伯特·马歇尔的作风。接着他在一处拉出一张椅子，坐在一个高大帅气的男人面前，那男人看起来像是爱尔兰人，头发浓密，还有一缕灰发。他好像是独自一人来的。他穿了一身黑色的晚礼服，翻领处夹着一朵红褐色的康乃馨。如果不去靠近他，会觉得他是个不错的家伙。在这样的距离和光线下，我只有这么点认知，如果你非要去接近他的话，你最好体形庞大、身手矫健，和他比起来更有优势。

领班把身子探过去，和他交谈了三言两语，之后他们就共同朝米歇尔和梅菲尔德小姐的方向看过去。领班似乎有些焦虑，而这个大块头男人则一脸漠不关心。领班起身离开这里，男人慢悠悠地拿出一支烟斗，侍者上前去及时为他点火，好像他整晚守在旁边的使命就是为了完成这个动作。男人只是说了声谢谢，都没抬头看一眼。

我点的酒到了，我拿起酒杯大口豪饮。音乐又停住了，感觉不会再度响起。舞池里的一对对情侣分散开来，各自回到自己的座位上。拉里·米歇尔仍抓着贝蒂不放。他依然笑嘻嘻的，试着将她抱紧在自己怀里。他的手已伸到她头后面去了，贝蒂想把他的手甩开。但他抱得更紧，还把自己那张潮红的脸用力贴向她的脸部。她试着挣脱，但男人力气实在太大了。他轻轻地咬着她的脸，她最终踢了他一脚。他猛地抬起头，显然被女人激怒了。

“别碰我，你这个醉汉。”她上气不接下气，但说得很清楚。

他一脸凶相，用力抓着她的胳膊，都能看到瘀青了，慢慢地把她拉到自己身边，抱紧她。人们都在看热闹，没人上前帮忙。

“宝贝儿，你怎么了，难道你不爱我了吗？”他大声地质问她，声音很粗野。

我没看到她用膝盖做的小动作，但一定弄痛他了。他一把推开她，整张脸呈现出暴怒的模样。然后他把女人拖拽过来，朝着她脸来回扇耳光。她的脸上一下子就有了红印。

她颇为镇静，站着一动不动。然后她一字一顿地说道：“拉里·米歇尔先生，下次你再敢这样，先穿好防弹背心吧。”她的声音回荡在整个大厅。

话音一落，她便转身离开。米歇尔呆呆地站在那里，面色惨白——不知道是因为疼痛还是愤怒。领班缓缓地靠近他，在他耳边呢喃了几句，大概是询问这是怎么一回事，时不时地挑眉。

米歇尔轻蔑地向下看了一眼领班。然后一言不发地撞开他，领班一下子踉踉跄跄。米歇尔一路追着贝蒂，途中还撞到一个坐在椅子上的男人，但他也没停下来道歉。贝蒂现在正坐在靠窗的位子上，紧邻那个穿着晚礼服的大块头男人。男人看了一眼贝蒂，又看了一眼米歇尔。他把烟斗从嘴里拿出来，端详着自己的烟斗。从他脸上看不出任何表情。

米歇尔追了过来，来到桌子前。“小甜心，你弄伤我了，”他粗声粗气地大声说道，“我可不是什么好人，你明白吗？你敢弄伤我，我会让你尝尝苦头。你打算向我道歉吗？”

她站起来，把脖子上的围巾甩到椅子后面，直视着他。

“我是不是应该埋单呢？米歇尔先生——或者你用从我这儿借的钱来埋单？”

他的手已经挥起来准备再给她一巴掌。女人纹丝不动，隔壁的男人倒是有了反应。他迅速起身，扼住米歇尔的手腕。

“悠着点儿，拉里。你喝多了。”他语气平静，却含有一丝嘲讽之意。

米歇尔甩开他的手，转过身对他说：“你别管这事儿，布兰登。”

“哥们，开心点。我没打算掺和。但你最好住手，别再打她了。虽然我们这儿不常把客人丢出去——但也不是没有可能。”

米歇尔愤怒地讥笑道：“先生，你别狗拿耗子多管闲事了！”

大块头男人语气依然平和，“放轻松，拉里，我已经告诫过你一次，仅此一次。”

米歇尔怒目而视。“好的，那待会儿见，”他愤愤不平地说道，他准备离开但又停下脚步。“会晚一些。”他补充道，身子半转。之后他走出这里——虽然身体摇摇晃晃，但步伐很快，没有再回头多看一眼。

布兰登站在原地没动。女人也是，她看起来有些迷茫，不知道接下来要做什么。

她看了看他，男人也同样看向她。他很有礼貌地笑了笑，看起来很好相处，也不像是骗子。但她没有回应他的笑容。

“需要我帮忙吗？”他关切地问道，“你去哪儿？我可以顺道送你。”然后他向后侧了下头，“噢，卡奥。”

领班迅速赶过来。

“她不用埋单了，”布兰登说道，“你也明白，这是特殊情况……”

“打断一下，”女人连忙说道，“我不需要他人为我埋单。”

他轻轻地摇头。“只是店里的惯例如此，”他说道，“与我无关，但我有荣幸送你一杯酒吗？”

她打量着他。他表现得很自然。“送我？”她开口问道。

他笑得很有风度，“没错，我去拿来——你愿意再坐一会儿吗？”

这时候，他从自己的桌子下面把椅子拉出来，女人坐下来。仅仅过了一秒钟，领班已经示意乐队，于是他们开始演奏。

看起来克拉克·布兰登先生是个无须多言便可只手遮天的大人物。

不久后我的俱乐部三明治端上来了。虽说做得并不精致，但吃起来口味还算不错。我吃完之后，又在这里逗留了有半小时。布兰登和那个女人相处得很融洽。他们都很安静。过了一会儿两人就到舞池去跳舞了。接着我到外面去，窝在我的车里吸烟。女人应该看得到我，虽然她并没有表现出来。我知道米歇尔肯定看不到我，他刚刚正在气头上，一言不合就上楼去了，他气得什么也没顾上看。

大概十点半时，布兰登带着她一起坐上凯迪拉克敞篷跑车。我在后面跟踪他们，没有试图隐藏自己，因为他们走的路线也是游客去往埃斯梅拉达市中心的必经之路。他们现在是要去卡萨·德·伯尼恩特旅馆，布兰登沿着斜道将车开进车库。

现在还有一件事需要确认。我把车停在路边，走进旅馆大厅去找内线电话。

“找梅菲尔德小姐，请帮我接贝蒂·梅菲尔德。”

“请稍等，”她停顿了一下，“噢，她刚刚入住。我会帮你接通她的房间，先生。”

这次停顿的时间较长。

“很抱歉，梅菲尔德小姐的房间没有应答。”

我向她表示谢意，然后挂断电话。我匆忙逃离了这里，以防她和布兰登从大厅经过。

我回到自己租的二手车里，在迷雾中沿着峡谷向蓝秋·德斯堪萨多旅馆行驶。办公室所在的那幢房子似乎上了锁，里面空无一人。门外有一束朦胧的光线，看得出那是夜间用铃。在一片漆黑中，我缓缓驶向 12C 房间所在的那幢房子，将车子停进简陋的车库，哈欠连天地走回我自己的房间。一进门一股阴冷潮湿的气息扑面而来，我心中倍感凄凉。一定有人进来过，掀开过条纹床单，并换过枕套。

衣服脱掉后，头发乱糟糟的我栽进枕头里就睡。

PLAY BACK

9

一阵敲门声将我惊醒。虽然声音不大，但对方敲个不停。我想敲门声应该是持续了好久，才缓缓传到我的耳边。我翻个身，听着外面的动静。有人试图打开门锁，但无济于事，只好继续敲门。我瞥了一眼我的手表，夜光指针表明，现在才刚过凌晨三点。我从床上爬起，挪到行李箱旁边，从里面掏出了枪，才走向门口，把门开了一个小缝。

一个穿着长裤的黑影站在门口，上身应该是穿着风衣，头上裹了一条黑色围巾。我看出她是个女人。

“你想干什么？”

“让我进去——快点儿。别开灯。”

她一说话我就知道她是贝蒂·梅菲尔德。我向后拉开门，她一溜烟地钻进来。关上门后，我拿来睡衣穿上。

“外面还有别人吗？”我问道，“隔壁房间人没在里面。”

“没。就我自己。”她靠在墙上，呼吸急促。我从外套口袋里摸出闪光笔，照出一小束光线，找到取暖器开关并打开。我在她脸上照了一下，她眨了眨眼睛，随即抬起手来躲避光线。我把闪光笔放在地上，顺着光走到窗边，关上窗，拉下百叶窗。然后去开了房间灯。

她长舒一口气，但一言不发。她身体还倚在墙上，看起来有些渴了。我去厨房往玻璃杯里倒了一杯威士忌，端过来给她。她先是摆摆手，表示不喝，随即便改变了主意，抓起杯子一饮而尽。

我坐下来，点了一支烟，除此之外，无事可做。我就坐着看着她，等她说话。

沉默良久，我也无计可施，终于她看向我，我们的目光碰撞在一起。过了一会儿她慢慢地从风衣的侧口袋里掏出一把枪。

“不是吧，”我说道，“可别再来一次。”

她垂着眼看枪，嘴唇却有些抽搐。她没有拿枪指着哪里。她从墙那边朝我走来，穿过我的手臂，把枪放在我胳膊肘处。

“我看到过这把枪，”我说道，“你当我是朋友对吧。上次我看到米歇尔拿着这把枪，所以怎么在你这儿？”

“所以那时候我把你打昏了。我怕他会一枪打死你。”

“当时一定搞砸了他的计划——不管他有什么计划。”

“我也不清楚。很抱歉袭击你。”

“谢谢你给我冰敷。”我说道。

“你不想看看这枪吗？”

“我看过了。”

“我是从卡萨旅馆跑到这儿来的。我现在住在那个旅馆，我——今天下午搬进去的。”

“我知道。你乘出租车去德尔马车站，打算赶上那班晚上的火车，没想到米歇尔在那里拦住你，还把你带了回来。你和他一起吃晚餐，还一起跳舞，虽然你十分反感，并且闹得有些不快。一个名叫克拉克·布兰登的男人开着他的敞篷车把你送回旅馆的。”

她注视着我。“我怎么没看到你在那儿。”她开口说了一句，但却有别的心事。

“我就在酒吧里。当时你正忙着被米歇尔扇耳光呢，还告诉他下次再靠近你要穿防弹背心。后来你坐在布兰登那张桌子旁时，恰好背对着我。我在你离开前就先出去了，候在外面。”

“你越来越有侦探的样子了，”她轻声说道。她目光又转向那把枪。“他从没把枪还给我，”她接着说，“虽然我也没法证明这是我的枪。”

“你是说，你想证明吗？”

“我想应该会有点儿用吧，虽然也帮不了什么大忙。等他们找到我就于事无补了。你应该明白我什么意思吧。”

“坐下来暖和一下吧，你牙齿都发抖了。”

她慢慢地摸到一张椅子，只坐在边上，看起来坐立不安，身体还向前倾，眼睛凝视着地板。

“肯定还有什么我不知道的事，”我说道，“既然米歇尔已经找到答案了，我也一定能找到——前提是我尽力的话。要下决心去查，一定查得到。现在我还不清楚整件事的来龙去脉。雇我的人只告诉我要跟踪你，并向他汇报。”

她头一抬，问道：“那你照做了吗？”

“我持续汇报着，”我顿了顿才说，“之前把你跟丢了，汇报时我只说在圣地亚哥。反正我打电话那里的接线员也会告诉他我在哪里。”

“你跟丢了，”她用一种冷淡的语调重复着我的话。“不管雇你的人是谁，他一定很相信你。”接着她咬了咬嘴唇，“对不起，我不是故意这样说的，我只是想唤醒我自己，我现在脑子一片混乱。”

“慢慢想，”我说道，“现在才凌晨三点二十。”

“你别取笑我了。”

我又看了看墙上的取暖器。虽然也看不出什么，但感觉房间里没那么冰冷了。我打算喝点东西，于是去厨房倒了一杯酒，端着杯子回来。

她手上拿着一个仿皮文件夹，示意给我看。

“这里面是一张面值五千美元的美国运通支票——大小和一百元美钞差不多。给你五千，你能为我做多少事呢？马洛。”

我嘬了一口威士忌。带着审慎的神情思索这件事。“以我的消费水平来算，那够我生活好几个月了。前提是我愿意被你收买的话。”

她拿着文件夹在椅子把手上轻敲。我看到她另一只手紧紧抓着膝盖不放。

“你会被我收买的，”她说道，“这笔钱只是首付，之后还会有很多报酬。我有多少钱你恐怕做梦也想不到。我前夫曾腰缠万贯，钱甚至成了他痛苦的根源。我大概从他那儿获得了五十万美元。”

她脸上浮现出一副轻蔑的样子，久久没有变化，我费了半天劲才适应这种表情。

“要是我答应你，你不会让我去替你杀人吧？”

“你放心，不需要去杀人。”

“那就没意思了。”

我斜眼看看身边的枪，到现在为止我根本没碰过它。她在午夜时分，不辞劳苦从卡萨旅馆走到我的房间就是为了给我这把枪。我却找不到它的用武之地。我盯着它，俯身下来嗅了嗅它的气味。目前我虽然用不着，但我有动用它的打算。

“谁装过一发子弹？”我问她。房间里寒气逼人，渗透在我的身体里，就像浸在冰水里似的。

“只有一发子弹吗？你怎么知道的？”

我拿起手枪。取下弹匣，打量一番过后，又塞了回去。手柄啪地响了一声。

“好吧，也可能是两发，”我说道，“弹匣里有六发子弹，原本一共可以装七发。一发子弹可能已经上膛，然后你又补进一发备用子弹。也有可能你已经开了七次枪，把新的六发子弹装入弹匣。”

“我们只是闲聊，不是吗？”她语速缓慢，“何必这么较真呢？”

“那好吧，他在哪儿？”

“他现在正躺在我房间阳台的长椅上。我住的房间那一侧都有阳台，每户的阳台之间都隔着一面水泥墙，房间或是套房之间的墙末端向外倾斜着。恐怕只有高空作业人员或是登山运动员才爬得上来，身上再负重是完全行不通的。我住在十二楼，除了顶层公寓，我已身居最高层。”她停顿了一下，眉头紧锁，用刚刚那只抓紧膝盖的手做了一个很无助的动作。“我知道这听上去很荒唐，”她接着说道，“我房间是他去阳台的必经之路，但我从未让他进过门。”

“你确定他死了吗？”

“非常确定。他死透了，身体像石头一样冰冷。这一切是什么时候发生的，我毫不知情，也没听到任何声响。虽然我确实是被吵醒的，但那不像枪声。那个时候他应该已经没有体温了，所以我实在不清楚叫醒我的是什么。我没有立刻起床，就躺在那儿胡思乱想。我无法再入睡了，过了片刻只好把灯打开，在房间里走来走去，抽烟打发时间。紧接着我发现外面的浓雾逐渐散去，月亮出来了。月光没有照射在大地上，却来到我房间的地板上。当我走到阳台上还能看见脚下飘浮的雾，外面冷极了，满天繁星。在我看到他的尸体之前，我在墙根儿站了好一会儿。虽然这套说辞也让人难以置信。我觉得警察肯定不会相信我的话——至少一开始不会。然后呢——就这样吧，事情就是这样。我已无法摆脱嫌疑——除非有人肯帮我。”

我站起来，端起杯中剩下的威士忌，一饮而尽，然后朝她走去。

“我来帮你厘清几件事。首先，你一反常态，对整件事的态度令人怀疑。虽然不至于冷血无情，但也太过于平静。你既没有惊慌，也没有崩溃，可以说没有任何反应，好像你早就知道他必死无疑。其次，今天下午你和米歇尔的对话我听得一清二楚，当时我把这些灯管拆掉了”——说着我指了指墙上的取暖器——“把听诊器放在金属片上贴着墙面窃听。米歇尔那里握着你的把柄，他知道你的真面目，一旦这些被报道出去，你又要更名改姓，逃往其他地方。你曾说你是世界上最幸运的女人，因为你还活得好好的。现在却有个男人死在你的阳台上，你的枪成了凶器。米歇尔的死肯定能说得通，对不对？”

她点点头。“没错，正是拉里。”

“你说你没杀他，又说警察一开始不会相信你的说辞，后来便说不管怎么样他们都不会信你。我猜你以前也因为类似的事情和警察打过交道吧。”

她仍然坐着，抬头看着我。然后慢慢起身，和我的脸贴得很近。我们凝视对方的双眼，但并不代表对彼此之间有什么想法。

“五十万可不是什么小数目，马洛，眼下你就有机会得到这笔钱。

让我们远走高飞，世界上总有一个地方容得下我们俩。我们可以住在里约那些面朝大海的高楼大厦里。虽然不知道这样幸福的日子可以延续多久，但总有办法不是吗？”

我回答她：“你实在令人难以捉摸。你现在和荡妇有什么两样？我第一次看到你的时候，你是一个多么文静乖巧的女人，你讨厌像米歇尔这样油嘴滑舌的浪子。你买了一包烟，你在抽的时候一脸鄙夷。你来到这个小镇以后，却和米歇尔卿卿我我。又在我面前撕扯衬衣，哈哈哈……多么可笑啊，你那样子就像公园里的哈巴狗，上一个离开的人刚把你喂饱，就马上朝其他人投怀送抱。接着又和我温床相拥，还拿威士忌酒瓶砸我的头。你现在还跟我谈论里约的幸福生活？真不知道一大早醒来躺在枕边的究竟是哪个你。”

“订金五千美元，接下来你会拿到更多钱。你在警察那儿能捞到什么好处，怕是五根牙签都没有！不愿意的话，随你打电话去汇报。”

“这五千美元让我做什么？”

她缓缓地舒了一口气，仿佛平息了一场风波。“我住的酒店在悬崖边上，墙脚下有一条非常窄的小路。悬崖下面岩石林立，大海深不见底。现在涨潮了，就在我阳台正下方。”

于是我点点头，“有消防楼梯吗？”

“从车库进去。从地下室的电梯厅，走几个台阶就能到车库那层。但爬起来很费力。”

“为了这五千美元，让我穿着潜水服爬都没问题。你是从大厅出来的吗？”

“我走的是消防楼梯。虽然有个男人值夜班，但他在某辆车里呼呼大睡。”

“你刚才说米歇尔的尸体在长椅上，那儿已经血迹斑斑了吗？”

她迟疑道："我……我没仔细看。应该是吧。"

"你没仔细看？你都发现他没有体温了，凑得还不够近吗？你朝哪儿开的枪？"

"我没看到弹孔，我猜想他应该是背面中枪吧。"

"那把枪在哪儿？"

"就在玄关地板上，在他手边。"

"哪只手？"

她微微睁大了双眼。"这很重要吗？我不知道是哪只手。他就是那样躺在沙发上，一边是头，一边是腿。我们非得讨论这个吗？"

"好吧，"我说道，"我压根儿不清楚这里潮水的涨落情况。有可能明天他的尸体就被冲到沙滩上，也有可能两周都看不到他。就假设我们成功了，很长时间都没人发现他早已中枪身亡。那就不会再有人找到他了，早不知道被海水冲到哪儿去了。更何况，海里还有那么多梭子鱼呢，更别提那些叫不上名字的海洋生物了。"

"你倒是巴不得他情况越糟越好呢。"她说道。

"这算什么。其实我在想伪装他自杀的可能性，那我们就得把枪放回去了。他是左撇子，你应该也清楚。所以我刚刚才问你是哪只手。"

"噢。没错，他就是左撇子，你说对了。但说他自杀不可能，他这个自我感觉良好的伪君子怎么可能会自杀。"

"人们常说，人有时候就是喜欢毁灭自己最珍视的东西。他最看重的不就是自己吗？"

"他才不是那样的人，"她终于开口，说了这么一句，"要是我们走运的话，大家可能觉得他是从阳台上摔下去的。他当时可是醉得一塌糊涂。等有人发现他尸体的时候，我都已经在南美洲了，我的护照还没过期。”

“你护照上用的是哪个名字？”

她伸出手，用指尖轻抚我的脸颊，“很快你就会知道关于我的一切，别那么心急。我会一五一十地说出我那些见不得光的秘密。你就再等等好吗？”

“好的，现在我对你承诺给的支票已经迫不及待了。天亮前，我们还有一两个小时处理这件事。你开支票，我去换衣服。”

我从外套口袋里摸出一支钢笔递给她。她坐在光源附近，在签名处写下了自己的另一个名字。她的舌头在牙齿间时隐时现。她一笔一画地写，颇为细致。她写的名字是伊丽莎白·梅菲尔德。

看来她在离开华盛顿之前就已决定改名字了。

我换衣服的时候在想她不会天真地以为我真的会帮她处理尸体吧。

我端起酒杯向厨房走去，半路捎带上了枪。进了厨房以后我把弹簧门关上，枪和弹匣一并被我扔进了烤炉下方的垃圾桶。我清洗了玻璃杯，再将它擦干。之后回到客厅，披上了外套。这期间她看都没看我一眼。

她还在签支票。她停笔之后，我把那一沓支票拿来，一张一张地快速翻动，检查她的签名。这笔巨款对我来说并没有什么意义。我把支票文件夹塞在口袋里，关上灯，走到门口。打开门，她就站在我旁边，紧贴着我。

“你先溜走，”我说道，“随后在高速公路栏杆尽头处我们会合。”

她面向我，身子向我这边靠了靠，轻柔地问道：“你可信吗？”

“看情况吧。”

“至少你很诚实。要是我们不够侥幸被抓住了怎么办？要是有人听见枪声，已经发现了尸体，可能我们回房间的时候警察已经来了怎么办？”

我站着没动，只是凝视着她的脸，一言不发。

“先让我猜猜看，”她缓慢而温柔地说道，“你立刻就会供出我，那你也别想拿到五千美元了。那些支票就作废了，一文不值。你一张也取不出。”

我依然没吭气。

“你这个王八蛋。”她语调一点没变，“我为什么要来求助你啊？”

我把她的脸捧在手心，亲吻她的嘴唇。她一把推开我。

“我不是为了这个，”她重复道，“我才不是为了这个而来。还有一点我要告诉你，虽然现在已经显得微不足道。但我要习惯这件事，以前就有人给我上过一课，真是痛苦的教训，苦不堪言。我真的没有杀他。”

“或许我相信你。”

“那有什么用，”她补充道，“反正没人相信。”

她转身沿着走廊离去，然后下了楼梯。她的身影掠过树林，走了三十来步后就消失在迷雾中。

我锁好门，钻进租的车里，沿着空无一人的车道行驶，途中还路过大门紧闭装有夜间按铃的值班室。整个小镇都沉沉地睡着，但卡车声轰隆隆地穿梭在山谷之间，车上载着建材、石油、密封集装箱，有些还装有拖车，拖车上是家家户户维持生计的物品。卡车都开着雾灯，正缓缓地爬坡，那样子颇为费力。

我开到离大门五十码距离时，她从围栏尽头的树影里走出来，爬进我的车里。我打开车前灯，海面上不知什么地方的号角隐隐作响。海面上空掠过一架北岛喷气机，一阵轰鸣声过后，嗖地一下飞走了，激起海面的波浪，过程之快我都来不及点烟。

女人坐在我身边，却呆若木鸡，眼睛直勾勾地看着前方的路，闷声不响。她没在看眼前的雾，也没在看我们将要赶超的那辆卡车。她什么也没看，只是僵坐在位子上，看起来心如死灰，就像要奔赴刑场的罪犯。

如果她心里没在想这些的话，那我就是被她高超的演技所欺骗，我已经很久没遇到像她这样的女人了。

PLAY BACK

10

卡萨·德·伯尼恩特旅馆建在悬崖边上，周围草地和花坛占地面积大约为七英亩，旅馆设置了一块供乘凉的荫蔽处，中间有一个露台，透过落地玻璃窗能看到室内摆放整齐的桌椅，沿着地上的格板走道，可以走到入口中央。一边是酒吧，另一边是个咖啡馆，建筑物两边各有一个柏油路停车场，一部分被郁郁葱葱的灌木丛遮住了，所以难以窥见其全貌。尽管外面的空气咸湿潮热，不适合车子存放，但很少有人愿意把车开进地下车库。

我把车停在车库坡道附近，能近距离感受到大海的声音，我们能嗅到迎面而来的水汽，甚至尝到它的味道。我们下了车，缓缓地走向车库入口。坡道边上开出一条上升的窄道，入口处挂着一个牌子，上面写道：下坡时请减缓车速，请按喇叭。女人在一旁抓紧我的手臂，阻止我前进。

“我还是从大厅过去吧，我好累，爬不动楼梯了。”

“没问题，这不违法。房间号多少？”

“1224，要是我们被警察抓到怎么办？”

“为什么要抓我们？”

“你别装糊涂。就是把他的尸体扔在阳台上，或者转移到其他地方。”

“我可能会被带到人群密集的地方，系在木桩上烧死。你我就不清楚了，看看他们有没有抓你的证据吧。”

“别说了，待会儿都没胃口吃早餐了。”

她转身，快速走开我身边。我顺着坡道下去，这里的坡道大多弯弯曲曲，我看到一个办公用的玻璃亭，里面亮着灯。再往前走几步后，我发现里面空无一人。我耳朵留意着周围的动静，比如摆弄车的声响、冲洗台洗车的水声、脚步声、口哨声或是任何人声，都能让我循着声响找到值夜班的车库管理员，好让我知道他在那里做着什么。一般来说，在车库里肯定能听到一些细微的声响，但这里却万籁俱寂，一点儿声响也没有。

我继续向下走，已经身处与玻璃亭顶端等高的位置。我弯下身子，看到了几级通往地下室电梯门厅的台阶。那里有一扇门，上面写着：通往电梯，门上还有一块玻璃板，透过玻璃板闪着微光。

我又向前走了三步，突然间僵住了。值夜班的男人正向右看，直勾勾地盯着我。他正窝在一辆大型帕卡德轿车的后座里。光打在他脸上，由于戴着眼镜，反射的光线颇为强烈。他正舒服地窝在车里的一角，我站在原地一动没动，等着他先移动。他却纹丝不动，头靠着汽车靠垫，张着嘴巴。我大概知道他为什么没动，他心里一定盘算着在我面前装睡，好让我放松警惕，等我一走开，他立刻会去打电话请求支援。

紧接着我便觉得是自己多虑了。他夜晚才来换班，所以也不可能认得出所有客人的脸。而且坡道旁的人行道本来就是方便客人行走的。现在已经是凌晨四点，天已经蒙蒙亮了，就算是小偷也会挑时间来行窃，没人会傻到这么晚才来。

我径直走向那辆帕卡德，透过窗子看他。车子门窗紧锁，男人依旧没有动弹。我抓住门把手，试着静悄悄地把门打开，他还是不动。他看上去肤色很浅，似乎仍沉睡着，甚至在我开车门之前都能听到从车里传来的鼾声。车门大开后，扑面而来的是一股夹杂着蜂蜜味的恶臭味——那是一卷经过加工的大麻烟，差点让人窒息。这家伙早睡得飘飘然了，不知道魂飞到哪里去了，可能正在某个平静的山谷漫步，那里时间停格、色彩缤纷、余音绕梁。估计这几个小时他也顾不上自己的工作，就算没有警察把他抓走，扔到天寒地冻的室外去，他也什么都做不了。

于是我把车门关上，穿过那扇镶着玻璃板的门。我走进狭小的电梯厅，这里空荡荡的，只有混凝土地板和两个毛坯电梯门，旁边有一扇没有关紧的门，看起来很有重量，透过缝隙看得到消防楼梯。我推门而入，开始走楼梯。我上得很慢，双腿像灌了铅一样。想爬楼梯到十二层实在太耗费体力，我一路数着经过的每一楼层的防火门，上面并没有标着楼层，我只好自己数。防火门看起来又重又坚实，和混凝土台阶是一样的灰色。当我终于抵达第十二层楼时，我挥汗如雨，上气不接下气，我拉开防火门，来到走廊。我在走廊上徘徊，确定 1224 房间的位置，我试着打开门把手。门锁着，但一下子就开了，好像她就守着门口，一听到我的动静就来开门。我走进房间，经过她身边，然后一屁股坐到椅子上，慢慢地调整呼吸。这房间通风极佳，阳台上装着整扇落地窗。这张双人床看得出有人睡过的痕迹，也有可能是故意伪装成这样。衣服那些杂七杂八的东西扔在椅子上，洗漱用品放在梳妆台上，还有一些扔在行李箱上。这房间看起来价格大约 20 美元一晚，她一个人住。

她把房门上锁，然后问我："没遇到什么麻烦吧？"

"值夜班的男人睡得像死猪一样，就没睁过眼，不必担心他。"我站起来，朝着落地窗走去。

"慢着！"她急促地说。我回头看她。"没有用的，"她说道，"这件事逃不掉。"

我站着没动，静静地听她说。

"我还是叫警察来吧，"她说道，"不管会有什么结果。"

"真是好主意，"我补充道，"我们怎么没早点想到呢？"

"你最好赶紧离开这里，"她说，"我不想连累你。"

我没吭声，只是注视着她的眼睛。她睁不开眼，不知道是吓坏了还是困了，我无法判断。

"我吃了两粒安眠药，"她说着，似乎看穿我的心思。"我已经快要崩溃了，不能再受什么打击了。你快走吧，求你了。等我睡醒，我会打给客房服务人员。服务员来房间的时候，我会想办法把他引到阳台上去，他就会看到——不管他看到什么。这件事跟我可没关系，我毫不知情。"她说得越来越磕巴，她按住太阳穴使劲晃着自己的身体。"对不起，本来答应要给你一笔钱，现在要失信于你了，你会还给我的对吧？"

我走到她身边，"不还的话，还得向警察交代我的事对吧？"

"我也没有办法，"她有气无力地说道，"我能有什么办法？他们会一点一点地查我的底细。我……我真的招架不住了。"

我抓住她的手臂，试着把她晃醒。她的头摇摇晃晃。"你确定你只吃了两粒药吗？"

她眨眼，睁开眼睛看着我。“没错，我从来不会一下子吃超过两粒。”

“你听着。我现在要去阳台上看看他。然后我要回蓝秋旅馆，我会拿着你那笔钱。同时我也会替你保管着枪，他们应该不会怀疑到我这儿来，但是……醒醒！听我说！”她的脑袋又开始摇摇欲坠了，我一喊，她努力把头摆正，瞳孔放大，但看起来有些迟疑的样子。“警察追查不到你的话，就更不会怀疑我。我受雇于一个律师，任务就是跟踪你。那些旅行支票和手枪会物归原主。警察才不会相信你的鬼话，你说的那些都是搬起石头砸自己的脚。你懂吗？”

“是……的，”她说，“去……死吧，我才不在乎。”

“你现在开始说胡话了，这都是吃了安眠药的缘故。”

她身体失去了重心，向前倾倒，我赶忙扶着她走向床边。她一下子就倒在床上，我帮她脱掉鞋子，为她把毯子盖在身上，盖得严严实实的。她很快就睡着了，伴着鼾声入梦。我走进浴室四处翻找，在架子上找到了一瓶戊巴比妥钠（镇静催眠药的一种），瓶子里满当当的，瓶身上写着处方号和日期。看日期是上个月在巴尔的摩一家药店拿的药。我把瓶子里的黄色胶囊倒在自己的手掌心，一一数了起来。一共有 47 粒胶囊，她没吃过几粒。要想吃安眠药自杀，得把这一瓶子都吞了才奏效——除了撒出来的几粒，总会有一些撒在地上。我把胶囊装回瓶子，然后塞进我的口袋里。

我来到她身边，看着她沉沉地睡着。房间里有些寒意，我打开取暖器，开到适宜的温度。终于我推开落地窗，去了阳台上。外面冷得让人难以适从。阳台大约是十二乘十四英尺见方，正前方还有一面高三十英尺的墙，墙外是一排低矮的铁护栏。从阳台上跳下去很容易，但失足坠落阳台的可能性几乎为零。阳台上有两个铝合金长椅，椅子上放着软垫子，还有两个配套的扶手椅。阳台左边就是那面隔开两个房间的墙，和她之前告诉我的如出一辙。我认为即便是高空作业人员，没有攀爬工具的话，是万万不可能爬上来的。另一边墙上开着玫瑰花，想必是从顶层公寓里蔓延出来的。

两个长椅上都没有尸体，阳台的地上也没有，根本没有尸体。我仔仔细细地观察有没有血迹，却一无所获。我向前走了几步，防护墙上也没有血迹，也没有任何拖拽过的痕迹。我贴着墙，扶住铁护栏，身子尽量往外伸，直到看到地面。地上是一个灌木丛，旁边有一道狭窄的草带，再旁边就是砌着石头的人行道了，又是一道草带，还有一个栅栏，被郁郁葱葱的灌木丛所包围。我目测到地面的距离，从这个高度看实在难以评估，但至少有三十五英尺。越过栅栏，不远处海水正在冲刷着礁石，留下一层细腻的泡沫。

我粗略估量，拉里·米歇尔大概比我高上半英寸，体重却比我轻了十五磅。那个男人绝对不会拖着自己一百七十五磅的身躯，越过铁栏杆，不辞劳苦地跳海。女人肯定也意识到了这一点，就算这个设想成立，也只有千分之一的概率。

我再次拉开落地窗，回到房间后把窗关好，走到窗边。她还在熟睡，伴随阵阵鼾声。我用手背轻抚她的脸颊，感觉有些湿润。她轻轻地动了一下，嘴里嘟囔着什么。然后叹了口气，把头埋进枕头里。这下不再打鼾了，也没有昏睡过去的迹象，看来她确实服用了适量的安眠药。

这次她没有骗我，虽然这也不是什么要紧的事。

拉开梳妆台的最上层抽屉，我找到了她的包。背面有个拉链口袋，我把文件夹连同里面的旅行支票一并放进去，仔细翻看，试着多挖掘一些信息出来。拉链口袋里有一沓整齐的纸币、一张圣达菲时刻表，还有个文件夹里面存放着车票存根和火车卧铺预订的收据。她从华盛顿特区起身，去往加州的圣地亚哥时乘坐的就是19车厢的E房间。包里没有信件，没有任何显示她身份的证件，可能那些重要信息都锁在行李箱里。包的正中央都是一些女人才会带的物品：一管口红、一盒脂粉、一个零钱包、几枚银币，还有一个铜制的老虎钥匙圈，上面挂着几把钥匙。里面还有一包烟，虽然已经拆封，但看起来没抽过几根。一盒火柴，已经用掉了一根。三条没有姓氏的手绢、一盒指甲刀、一个去角质的刀片、一些用来画眉的工具、一把梳子装在皮套里、一瓶圆罐装的指甲油，还有一个迷你通信簿。我猛地翻开那个本子，却一片空白，根本没用过。包里还有一个镶着金边的墨镜装在一个眼镜盒里，盒子上也没有任何名字。还有一支钢笔和一支金色壳子的铅笔，除上述物品之外，别无他物。我把包放回原处，走到书桌前去拿旅馆提供的信纸和信封。

我用旅馆的钢笔写了一句话："亲爱的贝蒂：让你失望了，我没死成。明天和你解释，拉里。"

我用信封把这个纸条封起来，在信封上写了贝蒂·梅菲尔德小姐的名字，扔在门口的位置，让它看起来像是从门缝外塞进来似的。

我打开房门走出去，关上门，朝着消防楼梯走去，其间大喊了一声"去死吧！"接着就去按电梯。电梯却不见动静，我反复按着，电梯姗姗来迟，开门的是一个墨西哥小伙子，他睡眼蒙眬，连连冲我打哈欠，然后有点儿难为情地笑了。我礼貌地回了一个笑容，却什么也没说。

电梯下行到达后，正对着的柜台空无一人。墨西哥小伙子窝在椅子里，我还没走出去六步，他就又睡着了。这个时间点除了我还醒着，其他人都昏昏欲睡。我二十四小时无休止地工作，有时候甚至都不索取报酬。

我开车回蓝秋·德斯堪萨多旅馆，所有人都沉沉地睡着，我眼巴巴地望着床，却不能躺上去呼呼大睡，因为我要收拾行李——我把贝蒂的枪放在行李箱的最底端——在信封里塞了十二美元，我离开房间，把信封与我的房门钥匙一并放在办公室门上的信箱里。

我开车去了圣地亚哥，把租来的车还回去，在车站对面的一个路口解决了早餐。七点十五分时我赶上一辆双节车厢的柴油车，一路奔波，中间不停站，十点钟准时到达洛杉矶。

我乘出租车回家，剃须冲凉之后，开始吃第二顿早餐，边吃边看早报。快十一点的时候，我打电话给那个律师克莱德·乌穆内先生的办公室。

接电话的人正是他自己，大概他的秘书弗米莉耶小姐还没起床来上班。

“我是马洛，现在在家，我能开车过去拜访您吗？”

“你找到她了吗？”

“找到了。你和华盛顿那边联络过了吗？”

“她在哪儿？”

“我想当面再和你谈这件事。你往华盛顿那边打电话了吗？”

“你先给我汇报情况吧，我今天很忙。”他听起来很急躁，想要搪塞过去。

“我半个小时之内会到。”话音未落我就迅速挂了电话，接着打电话给我那辆旧车所在的车行。

11

随处可见像克莱德·乌穆内这样的办公室装潢，墙上镶嵌着纵横相间的蜂窝胶合板，看起来就像一个巨大的棋盘。照明设备采用间接光、整间办公室的地面都铺着地毯、家具是简约的浅色系、座椅柔软而舒适，不消说，这样高级的办公地点收费也格外高昂。金属框架的窗子向外开着，在这幢建筑后面还有一个小型停车场，十分整洁，看上去井然有序，每一个车位都放置着印有车主名字的白纸板。不知为何，克莱德·乌穆内的车位是空着的，因此我便把车停在他那里，可能他由私人司机接送。这个崭新的建筑共有四层楼，在里面办公的人是清一色的医生和律师。

我进门的时候，弗米莉耶小姐正在梳理她那一头浅银灰色的秀发，像是准备迎接一天辛苦的工作。她今天的穿着看起来较上次而言档次低很多。她把手里的镜子放好，点了一支烟。

“啊，噢，令人头疼的先生自己跑来了。我们怎么会有这种贵客呢？”

“乌穆内要见我。”

“你这家伙，要说‘乌穆内先生’。”

“大姐，我可不是什么家伙。”

她一下子暴怒。“别叫我‘大姐’，你这个下三烂侦探！”

“那你就不要叫我‘家伙’，你这个身价不菲的秘书。今晚你打算干什么呢？不会又是和四个水手去鬼混吧？”

她眼周的肌肤变得惨白，手里拿了一张纸攥成纸团来出气，虽然没有朝我丢过来。但她尖酸刻薄地骂了一句：“你这个狗娘养的！”接着她快速打开她的对讲机，听到声音后说道：“马洛先生来了，乌穆内先生。”

然后她身体向后靠，给了我一个恶狠狠的眼神，“我认识的人能把你大卸八块，那时候就算你架个梯子也穿不上鞋了。”

“也不是没人试过，还费了好大劲儿，”我说道，“但光有蛮力没有头脑可行不通。”

突然间我俩都忍俊不禁，不约而同地笑了。门开了，乌穆内探头出来。他用下巴示意我进去，目光却瞟向那个浅灰色头发的女人。

我随即走了进去，片刻之后他关上门，回到自己半环形的巨大办公桌前，桌面上铺着绿色的皮革，还有堆积如山的重要文件。他衣冠楚楚，很讲究自己的穿着，可惜身材比例不好，腿相当短，鼻子又过长，头发太过稀疏。他棕色的眼睛清澈而透明，看上去是个非常可靠的律师。

“你在和我的秘书调情吗？”他直截了当地问我。

“没有，我们就是在说笑罢了。”

我坐在客户专座上，很有礼貌地看着他。

“我倒觉得她是在抓狂。”他坐到自己的副总裁专座上，面色凝重。

“她连着三个星期都有约了，”我说道，“我可等不了那么久。”

“管好你自己吧，马洛，别痴心妄想了。她属于私人财产，她才没时间搭理你这种人呢。她不仅长得漂亮，还很聪明伶俐呢。”

“你是说她连打字和速写这些技能也会吗？”

“什么叫也会？还有其他的吗？”他一下子涨红了脸，“你真是废话连篇，我快受够你了，你当心点，别自讨苦吃。我在这个城里可是呼风唤雨，你胆敢惹怒我，我就让你尝尝我的厉害，休想再在这里混下去。现在跟我说说情况，我不想听废话，说重点。”

“你和华盛顿那边谈过了吗？”

“你不该管我做没做，现在我要你立刻给我汇报，其他事情都和你无关。那个名叫金的女人现在在哪儿呢？”他伸手去拿一支削得很尖的铅笔和一个崭新的记事本。接着又放下铅笔，从银黑色的热水壶里给自己倒了一杯水。

“我们做个交易吧，”我说道，“只要你肯告诉我为什么要找她，我就告诉你她在哪儿。”

“你可是我花钱雇来的人，”他顿了一下，“我不会给你任何信息。”他仍然板着脸，但感觉有些动摇。

“如果我想在你手底下干事，我才是你的雇员，乌穆内先生。别忘了，支票都没有兑现，你我的协议还自然就不算达成。”

“你接下了这个案子，你拿了一笔预付金。”

“弗米莉耶小姐给我一张面值二百五十美元的支票作为订金，还有一张面值两百美元的支票供生活开支。但我还没去银行兑换成现金，现在还给你。”说着我从随身笔记本里抽出两张支票，把它们放在他面前的办公桌上。“最好先由你来保管，希望你想清楚到底想雇一个调查员还是一个唯命是从的小跟班，我也得弄清楚我到底是在工作还是在一无所知的案子里被当成猴耍。”

他垂下眼看了看那些支票，看起来有些愠怒，“你已经花费了不少了。”他慢慢吐出这几个字。

“那没关系，乌穆内先生。我自己也有一些积蓄——可以从我的积蓄里扣除。反正这个案子让我乐在其中。”

“你脾气太倔了，马洛。”

“大概吧，但我总有知情权吧，不然我也没必要干下去了。我告诉过你那个女人正在受人勒索，你华盛顿的朋友一定知道原因。要是她是个骗子，那倒无所谓，但我需要知道内幕。况且现在有人给我提供一笔巨额奖金想要雇用我，那里的待遇比你这儿不知好了多少倍。”

“为了钱你就甘心出卖自己吗？”他愤然道，“那违反的可是职业道德。”

我大笑道：“你是说职业道德吗？我们好像谈到重点了。”

他从烟盒里抽出一支烟，用一个圆肚子的打火机点火，打火机与热水壶及文具是配套的。

“我就是看不惯你这副嘴脸，”他咆哮道，“直到昨天，我所掌握的信息都和你一样少。我理所当然地认为一家大名鼎鼎的华盛顿律师事务所不可能让我去做什么违法的勾当。既然本可以轻而易举地抓住那女人，为什么要如此大费周章呢，我猜测这是一个家庭的纷争，女人可能是一个离家出走的妻子或女儿，或是一个不情愿佐证的目击者，现在已经逃离受传唤的地方了，不过这一切都是我的臆测。今天早上事情才有了转机。”

他起身走到大窗旁边，用手拨动百叶窗，好调整到一个阳光照不到桌面的角度。他站在窗边吸烟，眼神望着窗外，接着回到座位前坐下来。

“今天早晨，”他慢吞吞地说，其间还皱眉思索，“我和华盛顿那边的同僚谈过才知道那女人是一个腰缠万贯的大佬身边的机要秘书——对方没透露给我男人的名字——那女人窃取了一些私密文件后潜逃了。那些文件一经报道，这大佬怕是混不下去了，我也不清楚会有怎样的损失。可能是一些偷税漏税的证据，什么都有可能。”

“所以她拿走这些文件要挟他？”

乌穆内点点头。“这样猜测最合情合理，因为那些文件对那女人而言一文不值。我们的客户，就叫他A先生吧，直到那女人已经身在另一个州时才知道她是逃之夭夭了。然后他检查自己的文件才发现有一些材料不翼而飞。他才不愿因为这事惊动警方呢。他希望女人走得越远越好，等到她自己觉得安全的时候再和她商讨花重金买回那些资料。他想派人暗中盯着她的一举一动，趁机下手抓住她，尤其是不能让她联络到律师，这会让事情变得更加棘手，如今的律师都很有两下子，甚至能让她免予控诉。现在你却告诉我有人正在敲诈她，这到底是怎么一回事？”

“要是这个说法站得住脚，那他有可能是故意放任那女人这么做的，”我说道，“他自己应该知道怎么牵制那女人，根本不用破费。”

“你说如果站得住脚，”他厉声呵斥道，“那是什么意思？”

“你的说法漏洞百出，我觉得你也是中了圈套，乌穆内先生。你口中那样的机密文件，如果必须得保管的话，你觉得人们会放在哪里？绝不会放在一个秘书唾手可得的地方。而且在她离开前他一定发现文件已经丢失，不然也不至于跟踪她到车站。其次，尽管她买的是到加州的车票，但她可以随意在中途下车。所以那位大佬肯定派人紧盯着她了，既然如此，为什么还要让我去跟踪？而且，照你的说法，这个案子托付给一家不容小觑的全国性事务所。如果只找我这么一个人去做这件事会不会风险太大了点？昨天我就跟丢了，还有可能再次跟丢。在这么大的地方，最少要找六个人同时跟踪才有可能不会失手，而且我说的是——最少六个。像这么大的城市至少需要十二个人。总有人要吃饭、睡觉、换衣服吧。要是开车跟踪，他总得找地方停车，那这期间又得派一个人去跟踪。大型商场还有旅馆总有好多个出口。这个女人在大庭广众之下，在联合车站里来回游荡了三个小时，你华盛顿那边的朋友就只是发给你一张照片，给你打了一通电话，然后就回家看电视去了吧。”

“你分析得很到位，”他回话，“还有其他的吗？”他整张脸毫无表情。

“还有一点。为什么——要是她根本不知道自己被跟踪的情况下——还要改名字呢？要是知道自己被人跟踪了，为什么也不遮掩自己的行踪？我告诉过你还有其他两个男人也在跟踪着她。其中一个是名叫哥布尔的堪萨斯城的私家侦探，他昨天出现在埃斯梅拉达，他知道何去何从，他又是从哪儿弄来的消息？我只能紧跟着她，还收买了一个出租车司机，用车上的无线电话找到那女孩乘坐的出租车以及她的目的地在哪儿，即使这样我也差点跟丢她。所以雇我来是干什么？”

“那个我们晚点再讨论，”乌穆内草草地回答，“你刚刚说有两个人在跟踪她，那另一个人是谁？”

“一个叫米歇尔的花花公子。他是埃斯梅拉达当地人，在火车上遇到了那个女人，然后为她在埃斯梅拉达的旅馆订好房间。他们之间好像就是这样”——我伸出两根手指，它们贴在一起——“不过有一点，那女人恨他入骨。他手上握有女人的把柄，因此女人害怕他。他知道女人的身份，来自哪里，为什么来这里以及改名的原因。我偶然听到的内容就这么多了，但也不能解释清楚事情的来龙去脉。”

乌穆内面露不悦：“车上肯定安排人盯着她了。你以为我们都是傻子吗？你充其量是个诱饵罢了——看看能不能引出她的同伙。我是慕名而来才找到你——如果你真的有两下子——希望她注意到你。我希望你能明白什么是诱饵，表现得出色些吧。”

“当然明白。一个人故意出现来混淆目标人物的视听，另一个则在暗中埋伏，等目标人物觉得自己安全的时候再一招制胜。”

“讲到点子上了。”他眼神轻蔑，冲我露齿笑了笑，“但你还没告诉我她在哪里。”

我并不想告诉他，但我别无选择。从某种程度上来说，我算接下了这个案子，把我的报酬还给他只是想以此来逼迫他透露给我一些消息。

我伸手去拿桌子上面值二百五十美元的支票。“这笔钱我拿着，作为报酬和开销使用。她现在住在埃斯梅拉达的卡萨·德·波内特旅馆，登记的姓名是贝蒂·梅菲尔德小姐，她携带着巨款。那家事务所耳目众多，想必他们早已掌握了这个消息。”

我站起来。“谢谢这桩有趣的任务，乌穆内先生。”

我走出他的办公室，顺手把门带上。弗米莉耶小姐停下看杂志，抬起头看着我。她桌子不知哪里发出了一声闷响。

“刚刚对你那么粗鲁，是我的错，”我说道，“大概是昨晚睡得不好。”

“得了吧，我们扯平了。再斗几次嘴没准我会喜欢上你，你那流里流气的样子还挺招人待见的。”

“那我可要多谢你的喜欢了，”我一边说着一边走向门口。不说她对我有渴望的眼神，但想得到她应该是比掌握通用公司的股权要容易。

我转身关上门。

“看来今晚不会下雨，对不对？如果是个雨夜，我们还能对饮几杯，谈上几句。前提是你有空的话。”

她冷静地看着我，神情欢愉。“去哪儿？”

“你想去哪儿咱就去哪儿。”

“需要我开车接你吗？”

“那真是太体贴了。你那辆弗利特伍德能显出我尊贵的身份。”

“我想的才不是这个。”

“我也不是。”

“大概六点半见，我会准备一双好丝袜的。”

“那我可是很期待呢。”

我们移开视线，我匆匆离去。

12

六点半的时候她那辆弗利特伍德嗡嗡地开到了我家门口，她上台阶的时候我就赶忙把门打开。她今天没戴帽子，穿了一件肉色外套，立领衬托着她那一头浅灰色秀发。她站在客厅中央，目光漫不经心地打量了一周。然后她动作娴熟地脱掉外套，扔到长沙发上，然后坐下来。

“我没想到你真的会来。”我说道。

“少来这一套，你只是不好意思罢了，你早料到我会来。我要喝苏格兰威士忌酒加苏打，这儿有吗？”

“有的。”

我拿来酒水，坐在她身边，距离没有近到让人想入非非的程度。我们碰杯之后一饮而尽。

“你想去罗曼诺夫餐厅吃晚餐吗？”

“然后呢？”

“你住哪儿啊？”

“西洛杉矶。我的房子在一条安静的老街上，我问你吃完晚餐之后干什么，还记得吗？”

“当然是你说了算。”

“我还以为你很难缠呢，你是要请我吃饭吗？”

“这话说得我还想打你呢。”

她突然笑出声，从眼镜上方盯着我看。

“就当你打过了吧，之前我们对彼此都不太友好，看来是误解对方了。我们晚点再去罗曼诺夫餐厅，好吗？”

“我们可以先去西洛杉矶。”

“为什么不在这里？”

“在这里我怕会失去你。大约一年半之前，我在这里做过一段梦，如今那个梦仍萦绕在我脑中，挥之不去。我不想让它破坏这一切。”

她迅速站起来，一把拿起了外套。我帮她穿上。

“很抱歉，”我对她说，“我本该早点和你说的。”

她转过脸来，凑近我，但没有碰到我的脸。

“因为不能忘记的一个梦而跟我道歉？我也做过梦，但那些早就灰飞烟灭了，我根本没有勇气让它们存活。”

“我和你情况不同。曾经有个女人，她很有钱，她也非我不嫁。但根本就没有好结果。也许我这辈子再也见不到她了，但我会记得那段时光。”

“我们走吧，”她心平气和地说，“让回忆停留在过去。我倒希望有什么东西能让我念念不忘的。”

走向她那辆凯迪拉克的路上，我也没有碰她一下。她开车技术一流，一个女人连开车都那么出众的话，她已经算得上是完美女人了。

PLAY BACK

13

她的房子在圣维森特港和日落大道之间一条弯弯曲曲的街道上，四周很寂静。由于巷子很深，行驶了很长的一段路才抵达她的房子，入口在后面，门前有一个小庭院。她打开门锁，开了灯，屋子里瞬间灯火通明，然后她什么也没说就消失得无影无踪。客厅里形形色色的家具摆在一起，极具温馨之感。我站着等她回来，她朝我走来，手中拿了两只高脚玻璃杯。此时她已经脱掉了外套。

“你一定结婚了吧。”我说道。

“婚姻破裂了。这套房子归我了，还分到一些财产，但这些可不是拿着枪威胁来的。我前夫是个好男人，只是我们不合适。他已经死了——死于飞机失事——他是个喷气式飞机驾驶员。这样的事故经常有。我们这儿和圣地亚哥之间的一个地方，那儿有很多女孩子的丈夫生前都是飞行员。”

我啜饮一小口酒，就把手中的杯子放下了。

我接着拿起她手中的酒杯，也放到桌子上。

“你还记得昨天早上你告诉我不要盯着你的腿看了吗？”

“有点儿印象。”

“现在再阻止我一次试试看。”

我搂着她，她静悄悄地躺进我的臂弯。我把她抱起来，带着她不知怎的就走向了卧室。我把她放在床上，掀起她的短裙，直到看见那洁白如玉、美丽动人、覆盖在丝袜下的一双长腿。突然间她抱起我的头，把它埋进她的胸间。

“你这个禽兽！我们把灯调暗点吧！”

我走到门边，关掉了房间里的灯，过道上还有一束灯光映到房间里。我转过身来的时候，她已经一丝不挂地站在床边，她看上去就像活脱脱伫立在爱琴海边的美神阿弗洛蒂特。她直挺挺地站着，面带骄傲，却丝毫看不出羞愧或是魅惑之感。

“该死，”我脱口而出，“我年轻的时候最享受一层一层地脱掉女孩衣服的乐趣，而现在你们总是还不等男人笨拙地解扣子就自己脱好躺在床上等着。”

“那么，你去解开自己那该死的扣子吧。”

她把床罩掀开，赤裸裸地躺在床上，美丽的躯体使她感到满意，她一点儿也不遮掩。

“对我的腿还满意吗？”她问道。

我默不作声。

“昨天早晨，”她如梦似醉地说道，“我说你身上有我欣赏的地方——不会动手动脚——也有一些不喜欢的地方，你知道是什么吗？”

“不知道。”

“你那时不和我缠绵。”

“你表现得很难接近。”

“你可是个侦探啊，我以为你会窥探我的内心。现在关掉所有的灯。”

很快，房间便一片漆黑，如她所愿，“亲爱的，亲爱的，亲爱的”她这样呼唤我，用一个女人在这种特殊时刻专有的语调。接着是缓慢的放松、平和，最终趋于平静。

“你还满意我的腿吗？”她语气很朦胧。

“没有男人会满足的，你那双美腿只会在脑海中挥之不去，无论与你在床上缠绵多少次都难以忘怀。”

“你这浑蛋，彻头彻尾的浑蛋，靠近点儿。”

她把头枕在我肩上，我们现在颇为亲密。

“我不爱你。”她说道。

“你不必爱我，为什么要让这个话题破坏了这个动人的时刻呢——即使只有片刻的讨论。”

我们紧紧地贴着，我感受到她灼热的体温。她的身体充满活力地颤动着，她那修长的手臂紧紧挽着我。

寂静的黑暗中传来她的啜泣声，紧接着便安静下来。

“我恨你，”她的嘴唇贴着我的嘴，吐出这几个字。“不是因为和你做爱，而是因为不会连着来两次高潮，但和你却做到了。我再也不会见到你，我也不想见到你了。既然不能共度余生，那最好永不相见。”

“你现在说这话就像一个无情的过客，似乎看了太多人生的阴暗面。”

“你也一样，我们都错了。现在说这些也无用了，深情地吻我一下吧。”

转眼间她就悄无声息地离开床边。

过了片刻，过道上的灯就亮了，她站在门口，穿着一件长罩衫。

“再见了，”她语气平和，“我帮你叫出租车。你来门前等，我们不会再见到了。”

“乌穆内那边呢？”

“他那个没胆儿的可怜蠢货，只不过需要有人来追捧他，满足于自我，让他感觉到自己很有力量，能够征服一切，我让他满足。一个女人出卖自己的肉体时就失去了神圣的意义——尤其是一个失去了爱情的女人。”

她说完便消失了。我起身穿上衣服，在离开之前听了听动静。周围鸦雀无声，也没人回应我的叫声。当我走到房子前的人行横道时，出租车正慢慢停下。

我回头看，屋子里一片漆黑。

就像从未有人居住的空房子一样，刚刚只是一场梦罢了。只是有人为我叫了出租车，这是真真切切的。我坐上车，司机载我回到家。

14

我离开洛杉矶，绕过欧申赛德在高速公路上行驶，我有时间来理一理思绪。

洛杉矶离欧申赛德有 18 英里的距离，这条高速公路有六个车道，每驶过一段距离后总能看到一些撞毁的废弃车辆被扔在高坡上，除非有人来把它们拖走，不然就只能在原地生锈，慢慢变成一堆废铁。这时我开始思考我回埃斯梅拉达的原因，这个案子已经没有进展了，而且我的任务已经完成，接下来发生的什么都与我无关。通常私家侦探遇到的客户都是想要以最低的成本来获取最多的信息，至于接不接这个案子，要看情况，还要看给你的报酬。但当你得到了所需的信息还掺杂了许多其他复杂的情况时，比如牵扯到阳台上一具消失的尸体，正常反应是回家去，少管闲事，假装不知道这一切，反正这也不能为你带来收益。但我们总是等到很晚才能意识到这一点。好比这周你把车子前面撞坏了，才想起来上周应该整修一下刹车系统。又好比某位马后炮球员发现自己如果上场了，就不会输掉比赛一样，但事实并非如此，他就算上场也只是坐在高高的看台上，身边还放着一个瓶子。再好比一个穿着灰色西装的小个子男子，他在算数方面不会出一丝一毫的差错，但通常他计算的都不是自己的钱。

在分岔路口处我们向下沿着峡谷行驶，直到来到蓝秋·德斯堪萨多旅馆门前。杰克和露西儿一如往常地在自己的位置上，我放下行李，靠在桌子前。

“我留下的零钱够吗？”

“够的，谢谢你，”杰克开口说道，“看来你现在还想继续住在那间房，对不对？”

“要是可以的话最好。”

“你为什么不告诉我们你是个侦探？”

“噢，是个好问题。”我冲他笑了笑，“你在电视上看到过一个侦探会告诉别人他的身份吗？”

“得空的时候才会看，在这儿不怎么看。”

“但在电视上你总能轻易地辨认出一个侦探，他总是戴着帽子，从来不摘掉。你对拉里·米歇尔有多少了解？”

“一无所知，”杰克回答得有些不自然，“他是布兰登的朋友，布兰登是这里的老板。”

露西儿嗓音清澈洪亮：“乔·哈姆斯怎么样，还好吗？”

“他很好，谢谢你。”

“那你——？”

“呃——呃。”

“小孩子不要插嘴，”杰克有力地说了这么一句。他冲我使了个眼色，从柜台上把钥匙推到我面前。“露西儿的生活一直那么单调乏味，马洛先生。她成天和我待在这儿，终于我送了她一个钻戒，虽然钻石小到我都没脸面送出去。但一个男人又能做什么呢？他爱一个女孩子的话，就想把那份爱戴在女孩的手指上让别人看到。”

露西儿举起她的左手，转了转手，因此可以看得到那小颗钻石的闪光。“我讨厌它，”她说道，“就像讨厌阳光、夏季、繁星和满月一样，我就是如此地讨厌它。”

我拿了钥匙，带着行李离开他们身边。再多听一会儿他们的对话我怕会爱上我自己，说不准我会忍不住给自己买一个朴素的小钻戒戴在手上。

PLAY BACK

15

我用卡萨旅馆的内线电话打给1224房间，但是没有人接。于是我只好走去前台。一个旅馆职员正在那里面无表情地派发信件。他们总是在做这样的事情。

我靠过去柜台问道："请问梅菲尔德小姐住在这里吗？"

他从容不迫地把手中的信件放进信箱里，然后心不在焉地抬头回答我："是的，先生。请问怎么称呼您？"

"我打电话过去，她房间没有人接，请问你今天见过她吗？"

他这才打起精神认真地看着我，但我仍然不动声色。"我今天好像没有见过她，"说着他偏头望了望，"她的钥匙不在这里，你要给她留言吗？"

"她昨晚脸色不太好，我有点担心她是不是病了，所以接不了电话。我叫马洛，是她的朋友。"

他用锐利的眼神仔细打量了我，然后走向收发室，绕到一扇屏风后面跟一个人交谈。不一会儿，他微笑着走回来。

“马洛先生，梅菲尔德小姐没有生病。她在房间点了相当丰盛的早餐，午餐也吃了不少，还接听过好几个电话。”

“好的，十分感谢。”我说，“我想给她留言，告诉她我的名字并让她知道我会迟些再打给她。”

“她可能是出去散步了，或许到海滩去了。”他说，“我们这里的海滩很暖和，四周有防波堤围着，海平面波澜不惊。”说着他瞄了一眼身后的挂钟，继续道：“如果是这样的话，她很快就会回来的，天要开始变冷了。”

“谢谢，我迟些再来找她。”

走上三层台阶，穿过一个拱门后，我来到了大厅中央。大厅里有许多无所事事的人，他们是旅馆大厅的常驻闲坐嘉宾。通常是一些老人、富人，他们只会用贪婪的眼睛看着人来人往，整天虚度光阴，游手好闲。两个不苟言笑，染着一头紫色卷发的老妇人正坐在一张特制的大号牌桌上，玩命似的在拼一幅大拼图。稍远处有四个人围坐在一起，正在玩纸牌游戏，两男两女，其中一个女人身上戴的珠宝令人眼花缭乱，脸上涂的化妆品很厚，给一艘游艇上漆都绰绰有余。两个女人都叼着细长过滤烟嘴。至于那两个男的，则看起来年迈疲惫，像签署了太多支票似的。更远处一对年轻夫妇手牵手坐着，正透过玻璃看外面的风景。那位年轻的少妇身上戴着钻石和翡翠，还不停用指尖抚摸手上的婚戒。她身上萦绕着令人炫目的幸福光彩。

我穿过吧台，走到花园里四处溜达。沿着峭壁上的一条小路一直走，我很快就找到了前一天晚上在贝蒂·梅菲尔德阳台里看到的那处地方。它的角度格外陡峭，很容易辨认出来。

峭壁下是延绵百码长的海滨浴场和防波堤，上面可沿着层层楼梯逐级而下直达海边。人们在沙滩上随意地躺着，有的穿着泳装，有的穿着泳裤，还有的只是坐在一块毯子上。孩子们尖叫着到处跑来跑去。海滩上并没有贝蒂·梅菲尔德的身影。

我走回旅馆，坐在休息室里。

在百无聊赖中抽了根烟，然后去报刊亭买了份晚报，浏览完后就把它扔掉了。我又溜达回前台那里，发现自己留的字条还待在1224信箱中，纹丝不动。最后我跑去给米歇尔先生打了个内线电话，没有人接。“抱歉，你所拨打的电话米歇尔先生暂时无法接听。”

这时，一个女人的声音在我背后响起。“旅馆职员告诉我有一位马洛先生正在找我，”她问，“你就是马洛先生吗？”

我回转身，映入眼帘的她穿着暗绿色的宽松长裤和沙滩凉鞋，白色衬衫上衣外罩一件绿色风衣，搭配一条精致繁复的佩斯利花纹围巾，用发带高高束起的发丝随风飘扬，整个人美若清晨中尚带露珠的娇艳玫瑰。

旅馆领班在六英尺外支棱起了耳朵偷听。我问道：“梅菲尔德小姐？”

“我就是。”她回道。

“我的车子就停在外边，你有时间和我一起去看看那处房产吗？”

她看了看腕表，回道：“好——的，我想可以。我应该去换件衣服的，不过，嗯——也没有关系。”

“这边请，梅菲尔德小姐。”

她走到我身边，我们一起穿过大厅往外面走去。我已经开始慢慢熟悉这里了。贝蒂·梅菲尔德经过两个拼图的老妇人身边时恶狠狠地盯了她们一眼。

“我对旅馆这种地方厌恶至极，”她说，“就算时隔十五年后回到这个地方，你会发现同一个人还是坐在相同的位置上。”

“的确如此，梅菲尔德小姐。你认识一个叫克莱德·乌穆内的人吗？”

她摇摇头，疑惑道：“我应该认识他吗？”

“那海伦·弗米莉耶呢？或者罗斯·哥布尔？”

她又摇了摇头。

“喝一杯？”

“不了，谢谢。”

我们走出酒吧，一起沿路走到车旁。我替她打开车门，待她上车后，我将车子倒出车库，直接驶上格兰街，往山上开去。她拿出边缘镶着闪钻的墨镜戴上。“我看到你还回来的那些旅行支票，”她说，“你真是一个古怪的侦探。”

我把手伸到口袋里掏出那瓶安眠药。“我昨晚有点被吓到了。”我说，“我把瓶子里剩下的安眠药数了一遍，可是我不知道里面原本有多少粒。你说你只服了两粒药，但我担心你会一时犯糊涂吞掉一把。”

她伸手拿过瓶子，把它塞进自己的风衣口袋中。“我昨晚喝多了，酒精加上安眠药效果真是惊人。我大概昏迷了一段时间，除此之外没什么紧要的。”

“我当时可不确定。那玩意儿至少要服用三十五格令才会致死，发作时间还需要好几个小时，我很难判断。你的呼吸和脉搏看起来很正常，可谁知下一秒又会怎样呢！如果我叫医生，肯定要解释一大堆。万一检查出来你服用药物过量，我难免会被当作凶手。即使你后来醒过来了，警察也会进行追究，他们会追查一切有可能性的自杀企图。可是一旦我做出错误的决定，今天你就不可能像现在一样坐在副驾驶座上与我在一起了，而我则很有可能被抓进警察局里去。”

“那只是你的猜想罢了，”她说，“我可不会因为一个猜想而过度担惊受怕。还有，你刚才提到的那些人是谁？”

“克莱德·乌穆内就是雇用我跟踪你的律师——而他本人又是受华盛顿一家律师事务所之托。海伦·弗米莉耶是他的秘书。罗斯·哥布尔则是堪萨斯市的一名私人侦探，他说他是来找米歇尔的。”我把他的样貌向她大致描述了一遍。

她的脸色变得凝重起来。“找米歇尔？他为什么会对拉里感兴趣？”

我被迫把车在第四街和格兰街的路口停下来。一个坐着电动轮椅的老家伙正在以时速四英里的速度费力地左转。在埃斯梅拉达你总是不可避免会遇到这种烦心事。

“他找米歇尔所为何事？”她愤然道，“就不能给人片刻宁静吗？”

“什么都不要告诉我，”我说，“就问一些我也不知道答案的问题好了。这对增加我的自卑心理很有帮助。我跟你说过我的工作已经结束了，为什么我还在这里呢？原因很简单，我对那五千美元旅行支票无法忘怀。”

“在下一个路口左转，”她说，“我们可以到山上去，那里的视野很开阔，还有许多漂亮气派的房子。”

“住在里面的人真该死。”我说。

“而且上面还很安静。”说着她从香烟盒里拿出一根烟点火抽上。

“这是你这两天里抽的第二包烟了，”我说道，“你抽烟抽得很凶。我昨晚数过你留下的烟蒂和火柴，还翻了一遍你的包。这样做我很抱歉，但当我怀疑自己被人设局时我就会特别爱窥探。尤其是当事人不省人事，留下我需要独自收拾残局的时候。”

她把头转过来盯着我。“都怪酒精和那些安眠药作祟，”她说道，“我昨晚整个人状态一定糟糕透了。”

“在蓝秋旅馆的时候你可精神了。你当时一副义无反顾的样子铁了心要跟我一起飞去里约过美好无忧的生活。当然也是免不了有点罪恶感的。似乎只要我把尸体处理好就可以高枕无忧了。多扫兴呀！尸体竟然不见了！”

她继续盯着我看，但我得看着路面开车了。我在遇到大道时停了下来，然后左转。没想到是一条死胡同，我只好沿着上面铺砌的旧街车轨道行驶。

“往上开到那个标识牌的地方左转，有一所中学在下面。”

“是谁开的枪？有什么目的？”

她用手掌根使劲按太阳穴。“我想，我想我当时一定是疯了。它在哪？”

“你问那把枪？它现在在一个很安全的地方。只要你的梦想实现了，我就把它交出来。”

车子开始爬坡，我立刻把车挂到三挡。她饶有兴致地看着我换挡，还四处张望，观察起身边的浅色皮椅和仪表盘装置。

“你怎么会开得起这么贵的车？你并没有赚很多钱，不是吗？”

“现在什么车都贵，即使那些标榜是经济型的也一样。买辆旅行车价位也差不多。我不知道在哪里听过这样一个说法，说私家侦探都应该开那种黑漆漆不显眼的车，这样就不会引人注目了。说这些话的家伙一定没有去过洛杉矶。在洛杉矶，要想引人注目，你得至少开一辆艳粉色的奔驰车，车顶要放一把太阳伞，还得叫三个美女在上面晒日光浴。”

她咯咯大笑起来。

“况且，”我继续这个话题道，“这样子很有广告效益。也许哪天我要去里约的时候，可以趁此把它卖个好价钱，好换辆新车。用货轮把它渡过去花不了多少钱。”

她重重地叹了口气：“你别再挖苦我了，我今天没心情跟你开玩笑。”

“今天见到你男朋友了吗？”

她挺直了腰板。“你说拉里？”

“你还有其他的？”

“嗯——你也有可能指的是克拉克·布兰登呀，虽然我跟他还不熟。拉里昨晚醉得很厉害，不——我没有见过他。他大概还没醒过来。”

“他不接电话。”

道路出现了岔口，路面上一条白线向左弯过去。我仅凭直觉继续直行。沿途出现了一些建在高坡上的老式西班牙房屋，另一侧山下则是几幢现代感十足的建筑。车子驶过这一段路后，我向右转弯，驶进了一条新铺不久的路。道路尽头是一片海岬和环形公路。两幢甚是气派的大房子隔路相望，它们都由晶莹剔透的玻璃砖砌成，朝向海边的落地窗更是采用一整片绿玻璃装饰而成。景致十分美丽壮观，我不由自主地被吸引了，着迷般地呆看了整整三秒钟。在路的尽头我把车子停下，熄火，坐在座椅上任由自己在这样的景色中沉醉。我们所处的位置大约有一千英尺高，整个城镇像一幅四十五度角放置的优美画卷一般，在我们面前缓缓展开，一览无余。

“他有可能是病了，”我说，“或者是有事外出，甚至是死了。”

“我跟你说过——”她开始浑身战栗。我把剩下的烟蒂从她手中拿走，放进烟灰缸中。接着把车窗摇起，将手臂绕过她的肩膀，用手把她的头按靠在我的肩上。她浑身乏力，不予反抗，但仍然战栗不已。

“和你相处其实很舒服，”她说道，“只要你别逼我。”

“车上储物箱里有一品脱酒，你想喝一点吗？”

“好的。”

我把酒从储物箱里拿出来，单手配合牙齿使劲儿把上面的铁环松开，然后将酒瓶夹在两膝之间，一下子就把瓶盖拧了下来。我将酒瓶凑到她的嘴边，她啜了几小口，身体一阵战栗。我把酒瓶重新盖上，放到了一边。

“我不喜欢用瓶子喝酒。”她说。

“是呀，那样看起来多粗鲁。我不是想骗你上床，贝蒂。我很担心你。有什么事情是我可以帮上忙的吗？”

她沉默了一会儿，然后用一副沉稳的口吻说道：“没什么事情要劳烦你的。你把那些旅行支票拿回去吧，它们是你的了，我已经把它们给了你。”

“没有人会随随便便就这样给别人五千美元，这完全不合乎情理。所以我才会大老远从洛杉矶跑回来。我今天一大早开车来这里，一路上可没有人对我投怀送抱，也没有人跟我谈关于几十万美元的交易，或是要跟我同赴里约，在那里共筑爱巢。更没有人喝得酩酊大醉还能清醒地跟我说她梦到有具尸体躺在房间阳台上，请求我赶过去帮她推进海里毁尸灭迹。你当时到底打的是什么算盘呢？叫我过去，想我在你做梦的时候执手相伴吗？”

她把身子靠到车子的另一边，在离我远点的位置说：“好吧，我承认，我是个骗子。我一直都是个骗子。”

我瞥了一眼后视镜，发现好几辆黑色小轿车从身后路面转过，停了下来。我不知道车里坐的是谁，也看不清车里的情况。忽然它们沿着人行道边缘向右拐了个大弯，迅速沿原路返回了。有几辆走错了路，还开进了死巷子里，只得掉头。

“当我在爬那些该死的防火梯的时候，”我继续道，“你服了安眠药，然后假装一副昏昏欲睡的样子，抑或你后来确实是睡着了——我猜想。好吧，然后我走去阳台。没有发现尸体，也没有任何血迹。如果那里有尸体的话，我应该可以把它从墙上翻过去。确实要费好一番功夫，但只要掌握好搬运的诀窍，并非不可能做到。可问题的关键在于，就算你找来六只训练有素的大象，也不可能把尸体扔到海里去，实在是太远了。那里与围墙整整相距三十五英尺，况且在扔的同时你还得保证尸体能越过围墙。我估算了一下，那样子的话，你得把一具尸体整整扔五十英尺远。”

“我跟你坦白过了，我是个骗子。”

“可是你没有告诉我原因。老实讲，就算你的阳台上真的有一具尸体，你想我怎么做呢？把他从消防梯运下来，藏进后车厢里，开到一处隐秘的树林中，然后偷偷把他埋了？也是，当你的房间躺着几具尸体的时候，你或许只能选择完全相信某些人。”

“你收了我的钱，”她用平静的口吻说道，“你要替我办事。”

“那样子我才知道到底谁是疯子。”

“你现在知道了，你应该满足了吧。”

“我什么都不知道——我甚至不知道你是谁！”

她突然冲我发起脾气来。“我告诉过你我当时神志不清了，”她的声音变得尖厉。“担心，害怕，酒精，再加上药物——你为什么就不肯放过我呢？我说了我可以把钱给你。你还想怎么样？”

“我拿那笔钱干什么？”

“你把它拿上就好！”她气冲冲地回道，“然后我们之间再也没有瓜葛！把钱拿走然后给我滚，滚得越远越好！”

“我觉得你需要雇一个好律师。”

“你这句话根本就是个悖论，”她讥讽道，“一个人如果‘好’，他就做不了律师。”

“嗯，如此听来你一定没少吃那些话的亏吧。就算你不说，总有一天我也能通过别的途径自己找出答案的。但我刚才说你有大麻烦了可不是危言耸听。且不论米歇尔有没有发生什么事——就你目前的情况，再不请律师帮忙事情就一发不可收拾了。你改名换姓的背后一定隐藏着不可告人的秘密，米歇尔紧咬着你不放也一定有他的原因，更何况还有一间华盛顿的律师事务所正在追查你的踪迹，而它幕后出钱的委托人一定不是闲着无事做才来找你！”

说到这里，我停了下来，在黄昏残阳暗淡的余晖中偏头看她。山下那片无垠的大海在暮色中变成了更为浓墨重彩的湛蓝，却不知怎的再也不能让我想起弗米莉耶小姐的双眸。一群海鸥成群结队地从天空掠过朝南方飞去，看起来尚算井井有条，但远不如过去北岛飞来的小鸟那般紧密有序。从洛杉矶起飞的晚班飞机，两翼与机身闪烁着灯光，冲破海岸线的尽头呼啸而来，又倏地在海上转弯，划出一个优美的圆弧，向着林德伯格机场而去。

“所以你不过是一个帮老奸巨猾的律师办事的托儿。”她深恶痛绝地说道，又从我手上攫走了一根烟。

“我认为他倒不是老奸巨猾。他只是在这件事上太尽心尽力罢了。这没什么要紧的，最多也就骗你几个钱。真正麻烦的是特权这件事。即使是一个合法的私家侦探，也不可能有特权，律师却有。当客户利益需要受到维护时，他们往往要使这一招。除非被律师聘雇，不然一个私家侦探就不可能拥有特权，这是他获取特权的唯一途径。”

“我相信你一定深谙此道，”她说，“尤其是刚好聘请你来监视我的就是个律师。”

我从她手中夺过香烟，抽了几口，又还给了她。

“罢了罢了，反正我也帮不上忙。贝蒂，你就当我什么都没做过吧。”

“你倒是巧舌如簧，谁不知道你也只是想从我身上捞一笔而已。我看你跟那些坏人没什么两样，我才不要抽你的烂烟！”她气急败坏地把烟扔出车窗外，“送我回旅馆！”

我立即走出车外，把地上的烟蒂踩灭。“你不能在加州山区随意丢烟蒂，”我告诉她，“即便现在不是火灾多发季节。”说完我坐回车里，转动钥匙，点火发车。我把车子倒车，转弯，又驶回先前遇到的道路岔口上。车子转过路缘的白色实线后是一片上坡地，一辆白色小车静静地停放在那里，车灯熄着，也许里面并没有人。

我将车子开着远光灯，逆着来时的方向，顺原路返回。车子转弯时，光束扫过那辆车。车上的人急忙将帽檐拉低遮脸，但已经来不及了，我看到了堪萨斯市罗斯·哥布尔先生的眼镜和他的肥面大耳。

灯束扫过后，车子驶进一条平缓起伏的下山路。我不清楚这条道路到底通往何处，反正附近所有的路最后都会把人带向海边。山下是一条丁字形岔道，我向右转，拐过几条小巷，驶到主干道后，再向右转，终于驶到回埃斯梅拉达主城区的大道上。

回旅馆的路上，她始终一言不发。车子刚刚停稳，她便迫不及待地跳下车。

“如果你不介意在这里稍候片刻的话，我现在就可以拿钱过来。”

“有人跟踪我们。”我说。

“你说什么？！”她的头微微偏转，身子顿时僵住。

“一辆小车。你大概没有留意，车子在山上转弯时车灯恰好照到了他。”

“他是谁？”她的声音透着丝丝紧张。

“我怎么知道？他一定从我们在这里的时候就开始跟踪了，想必也会跟回来。会不会是警察？”

她僵硬地回转身，一脸呆滞地望着我。先是沉重地向前迈了一步，然后突然像疯了似的伸长双手向我冲来，仿佛要抓我的脸。最后她只是紧抓我的双臂，伴随着急促的呼吸声，用力摇动起来。

“看在上帝的分上，快带我离开！快带我离开这儿！哪儿都好，只要能躲起来，能让我得到片刻安宁。求求你带我去一个没有跟踪，没有迫害，也不受威胁的地方吧！他发誓他会追踪我到任何地方，即便是天涯海角——他做得到！”

“追寻你到山之巅，海之深，”我揶揄道，“看来有人读太多老古董一样的书了。”

她松开我，双手耷拉在身体两侧。

“你还真是冷血心肠。”

“我哪都不会带你去，”我说，“无论前方等待你的东西多么险恶，你都要留下来学会面对。”

我转身回到车里。等到我再回头看她时，她已经大步流星朝酒吧入口走去。

PLAY BACK

16

只要我脑子没有糊涂，我现在应该马上打包行李回家，权当没有认识过她。但如果顺其自然，让她找出自己在什么戏里扮演什么角色再帮她，到时候无论我做什么都可能太晚了。多半还会被定骚扰罪，逮捕进警察局。

我抽着烟静静地等着。哥布尔随时有可能开着他那辆脏兮兮的小破车出现在停车场里。他一定是从这里开始盯上我们的，既然他对我们的一举一动都了如指掌，他跟踪我们就只可能是要看看我们出去什么地方。

他迟迟没有现身。我抽完最后一口烟，将烟蒂丢出窗外，倒车离开。把车开出车道驶往城镇的路上，我在街道对面看到了他的车，就停在紧靠人行道的左边。我保持前进，驶上主干道后缓缓右转，好让他跟上来。前方大约一英里处有一家叫“美食家”的餐馆。餐馆屋檐低矮，一堵红砖墙将它与喧闹的街道分开，餐馆里还有个吧台。我将车子停好，从屋侧入口处走了进去。餐馆还没到用餐时间，酒吧招待正在跟领班闲聊，领班甚至连工作服都还没换上，站在一张用来放订位簿的小高桌旁。簿子摊开在桌面，上面列了一长串晚上订了位子的客人名单。还好现在为时尚早，要张桌子还是很容易的。

进餐的地方被一堵矮墙分隔成两半，光线暗淡，烛光摇曳。里面至多可以容纳三十人。领班将我安置在一个角落里，把餐桌上的蜡烛点亮。我点了一杯双份的吉布森鸡尾酒。一个服务员过来想要将桌子对面的餐具收走，我让他暂时留着别动，以防待会儿有位朋友过来。我努力翻阅呈上来的菜单，里面的美味佳肴琳琅满目。要想一一研究的话，得用手电筒照着才能慢慢看个遍。这间餐馆是我见过光线最昏暗的，就算你最熟悉的人就坐在身边也根本认不出来。

服务员将鸡尾酒端了上来。我依稀能辨认出杯子的整体轮廓，但里面的东西则模糊不清。我浅尝了一口，味道还不错。就在这时，哥布尔悄无声息地滑进我对面的座位里坐下。我仔细观察了他一下，样子跟前天看到时差不多。我继续低头费力地看菜单，心里暗暗抱怨为什么不干脆用盲文来印刷。

哥布尔从对面伸过手来，一把抓起我的冰水就喝。心不在焉地问道：“你跟那个女人进展怎样了？”

“什么进展都没有。为什么这么问？”

“那你俩跑到山上去干什么？”

“本来以为可以亲热一下，可惜人家没这意思。你怎么关心起我们来了，我记得你上次说要找的人是米歇尔呀。”

“真有意思。‘你要找的人是米歇尔。’是谁说过不认识这个人的？”

“我后来知道了，还见过面。他当时喝得酩酊大醉，还发酒疯，差点没被人赶出去。”

“哦，还真有趣。”哥布尔嘴边挂着一抹讥笑，“你又是怎么知道他名字的？”

“因为别人都这么叫他呀。那真是太搞笑了，对吧？”

他讥讽道：“我警告过你不要插手管我的事。我现在对你的底细可是知道得一清二楚，我查过了。”

我点着一根烟，将一大口烟雾吐到他脸上。“只管放马过来。”

“很有种嘛，哈。”他讥笑道，“我可是能轻松放倒比你壮得多的大家伙！”

“说出来听听。”

他将身子朝我倾来，这时，服务员及时出现。

“波本加水，”哥布尔朝他说道，“给我来真材实料的。别拿那些一般的酒吧威士忌糊弄我，更不要想着耍小聪明，我一喝便知道。还有要用矿泉水，这座城市的水简直糟透了。”

服务员愣住了，呆呆地看着他。

“请再给我来一杯这个。”我说道，将杯子推过去。

“今晚有什么好推荐？”哥布尔问道，“我从来不看这些宣传得天花乱坠的广告牌。”说着他轻蔑地用指尖弹了弹菜单。

“今天的推荐菜是肉糕。”服务员略微紧张地说道。

“淀粉加肉末杂碎混合做成的肉卷，”哥布尔向我解释道，“就肉糕吧。”

服务员偏头看向我。我对他示意要肉糕没有问题，他才转身离开。哥布尔迅速瞄了眼自己身后和两侧，再次将身子倾过来。

“伙计，你太不走运了。”他兴奋地说，“这下你可逃不掉了。”

“那真是太糟糕了，”我说道，“逃不掉什么？”

“你真倒霉，伙计，要倒大霉了。不知道是潮汐错乱了还是怎的。鲍鱼渔夫——那些穿蛙蹼戴着橡胶面具中的一个家伙——被卡在岩石下面了。”

“鲍鱼渔夫被卡在岩石下？”我的背脊升腾起一股寒意。服务员把饮料端来的时候，我努力克制住自己不把杯子一把抓起。

“很有意思，我的朋友。”

“你有种再说一次，我发誓我会砸碎你的杯子或者那张该死的脸！”我咆哮道。

他端起杯子，啜饮一口，细细品味一番，认真思考了点什么，然后自顾自点点头。

“我到这里来是为了赚钱，”他沉思着自言自语道，“我绝不是来这里惹麻烦的。惹麻烦就赚不了钱。要赚钱就别掺和进麻烦事里。懂了吗？”

“这对你来说大概是种新体验，”我说道，“两种都是。你说的鲍鱼渔夫是怎么回事？”我努力想让自己不要紧张，可声音还是抑制不住地抖。

他靠回身子。我的眼睛慢慢开始习惯这里昏暗的光线，看到他满是横肉的脸上净是嘲弄。

“开玩笑罢了。”他说道，“我也不认识什么鲍鱼渔夫。只是昨晚学会了发‘鲍鱼’这个单词的音。也不知道是什么玩意儿。但事情开始变得有趣起来了。我到处都找不到米歇尔，他就像人间蒸发了一般。”

“他住在旅馆里。”我把酒杯端起来又啜饮了一小口，现在可不是可以痛饮一番的时候。

“我知道他住在旅馆里，伙计。关键是我对他现在在哪里毫无头绪。他没在自己房间里，旅馆里的人也没见过他。我想你和那个女孩应该会知道他的下落。”

“那女孩疯疯癫癫的，”我说道，“不要把她牵扯进来。还有，埃斯梅拉达这里可不说‘没’，你操的那口堪萨斯方言真是有失文雅。”

“省省吧，老弟。就算有人有资格对我讲的英语指指点点，也不会是一个加州的烂私家侦探。”他回头冲后面吼道，“服务员！”

餐馆里几个客人厌恶地朝他看过来。服务员过了好一会儿才出现，站立在旁，也是一副憎恶的表情。

“再来一杯。”哥布尔喊道，一边用手指在玻璃杯身上弹了弹。

“没必要冲我大喊大叫的。”服务员说着，端走了杯子。

“我想要服务的时候，”哥布尔朝他背后大吼，“就要给我服务！”

“祝你能爱上甲醇的味道。”我对哥布尔说。

“我和你是能好好相处的，”哥布尔满不在乎地说，“如果你能有点脑子的话。”

“如果你能有点教养，身高再多六英寸，改头换面一下，最好顺道把名字也改了，并且不那么傲慢无礼的话，我想我们确实能好好相处。”

“别净说些有的没的，我们还是谈回米歇尔吧。”他将话锋一转，“还有那个你在山上想跟她亲热一下的女孩。”

“她是在火车上遇到米歇尔的。她对他的反应就跟我对你的差不多，为了逃离他，她差点没慌不择路地掉头就跑。”

我简直是在浪费时间，这家伙脸皮已经厚到刀枪不入。

“如此说来，”他讥笑道，“米歇尔只不过是她在火车上遇到的一个陌生人，了解后还特招她讨厌。所以她为了你把他给甩了？恰巧你就在附近，还真是方便。”

服务员端着食物过来了。他用绚烂的动作将食物摆上桌。蔬菜、沙拉，还有放在餐巾纸上的热肉糕。

“请问需要咖啡吗？”

我回答他暂时不用。哥布尔要了一杯，同时询问他刚才点的酒哪儿去了。服务员说快了，麻烦他再稍等一会儿，但他的语气意味深长。哥布尔尝了口肉糕，一脸惊讶，“没想到挺美味的！”他说，“这破地方那么少客人我还以为会很差劲。”

“注意一下时间，”我说道，“要再晚些这里才会热闹起来。这里就是那种城市，况且现在也不是旺季。”

“再晚些是对的，”他一边说道，一边津津有味地大嚼起来。“得再过好一段时间呢。有时甚至要凌晨两三点钟。那时候人们才开始呼朋唤友地出来。伙计，你要回蓝秋旅馆去是吗？”

我看着他，一言不发。

“要我给你画张路线图吗，伙计？我一工作起来可是没日没夜的。”

我依旧沉默。

他擦了擦嘴，“我刚才提到有人被困在岩石下的时候，你好像挺紧张的。还是我多想了？”

我仍保持缄默。

“好吧，你继续沉默不语好了。”哥布尔嗤笑道，“我本想着大家能一起合作。你看起来体格不错，挺有力量的。但你太不懂规矩了。你缺少和我合作的必备条件。在我那里，你得靠脑子存活。你这里倒是活得轻巧，好像只要晒晒太阳，衣领少系两颗纽扣就能过下去。”

“你想干什么就给我直说。”我恨恨地撂下这句话。

他一边唠叨个不停，一边在狼吞虎咽。他把盘子吃了个底朝天后推到一旁，端起咖啡喝了一些，还从贴身背心里翻出根牙签。

“这是一个物质极其丰富的城市，伙计。”他慢条斯理地说道，“我研究过它，为了了解它下过好一番功夫，甚至四处向别人请教。他们告诉我，它在我们这个美丽的国家里，算是罕见的，不那么富裕的一个地方。在埃斯梅拉达，你一定要有所归属，否则你就什么都不是。假若你想被认可，和那些有身份地位的人结识，就首先得是有一定阶级地位的人。曾经有个家伙，用不正当手段赚了五百万美元，回到堪萨斯市。然后他用这笔钱买了地产，多样投资，甚至盖起了城市里最豪华气派的房子。但因为他不是海滩俱乐部的成员，根本没人理会他。他便一气之下把整个俱乐部买下来了。大家都知道他的底细，需要募捐筹款的时候都去找他，他雇人侍候，舍得花钱，也算站稳了脚跟，是位好公民了。但他举办宴会的时候，来参加的都不是本市人，净是些过去想敲竹杠的，没一个好人，就是那些哪里有利益就会一窝蜂拥上去的坏家伙。市里那些有头有脸的人为什么不参加呢？在他们看来他只是个黑鬼。”

发表这番长篇大论时他时不时地瞅瞅我，或是四周张望一下房间，然后惬意地靠回椅子里继续剔牙。

“他一定伤心极了，”我说道，“他们是怎么知道他钱的来源的呢？”

哥布尔在桌子对面俯身过来。“一个财政部的大人物每年春季都会来这里度假，恰好碰到了这位‘钱先生’，也对他的底细知道得一清二楚。于是这些话便被传开了。你以为他真的不伤心吗？你不了解这些有名利地位的人。他心里可是在滴血。他发现这个世界上竟然有用金钱买不来的东西，这快要把他逼疯了。”

“你又是怎么知道这些事的？”

“我够聪明，也消息灵通，我能知道。”

“有个地方不对劲。”我说道。

“哪儿？”

“就算我告诉你听你也不懂。”

服务员端着哥布尔那杯姗姗来迟的酒走了过来，把空盘子收走。顺带递上菜单。

“我从来不吃饭后甜点，”哥布尔说道，“快走开。”

服务员看到了哥布尔手中的牙签，伸手过去敏捷地一把将它从他手中夺走。“洗手间在那边呢，伙计。”随即把牙签扔进烟灰缸里并把烟灰缸撤走。

“看到了没？”哥布尔对我说，“阶层。”

我向服务员点了巧克力圣代和咖啡。“把账单拿给这位先生吧。”我追加道。

“荣幸之至。”服务员回道。哥布尔看上去真令人讨厌。服务员立即迈着轻盈的脚步轻飘飘地走了。

我把身子向桌对面靠过去轻声说道：“你是我这两天里遇到过最会骗人的骗子，别人都鞭长莫及。我还遇到了好些漂亮女子。我不认为你对米歇尔有兴趣。我想你大概压根儿没有见过甚至听说过他，只是拿他来当借口罢了。你被派来这里是为了监视那女孩，而且我知道是谁派你来——我不是指谁直接向你发号指令，而是那些幕后的雇主。我知道她为什么会被监视，也有办法使她免受监视。如果你还有什么招儿就尽管使出来吧，最好赶快。明天可就没机会了。”

他一把将椅子推到身后，站了起来。然后将一张折叠起来，被揉得皱巴巴的钞票扔到桌面上，一脸冷漠地看着我。

“没脑子的家伙，嘴巴倒是挺厉害的。”他说道，“把它留着等星期四收垃圾的人来拿走吧。你一无所知，我的朋友。我猜你永远都不会知道。”

他高昂着头，一脸不爽地走了。

我把他扔在桌面上那张折叠起来，揉搓得不成样的钞票拾起。正如我所料，只有一美元。对于一个开着小破车以四十五英里时速下山的人来说，在餐馆里吃一顿 85 美分的晚餐，可视作周末晚上的狂欢了。

服务员滴溜溜地走过来，把账单扔到我面前。我结了账，把哥布尔的一美元放在给小费的盘子里。

“谢谢。”服务员说道，“那家伙是和你很亲密的朋友，是吗？”

“还没到‘亲密’的程度。”我说道。

“他大概没什么钱，”服务员宽容地说道，“这座城市的一件怪事情就是在这里工作的人往往承担不起这里的消费。”

当我离开时，餐馆里已经有了二十个人，整个地方充斥着喧嚣闹动。

PLAY BACK

17

开往停车场的那道斜坡看起来跟往常凌晨四点时一样，车子在人行道拐弯时还伴随着哗哗的水声。那间整个被玻璃覆盖着的小办公室里空无一人。有人正在某处洗车，但不是停车场里的人。我穿过通往大厅电梯的门口，打开门，身后办公室突然传来一阵蜂鸣般的嗡嗡声。我赶紧把门关上，在门外候着。这时，一个穿着一身长款白色大衣的精瘦男子从拐角处走了过来。他戴着眼镜，有着一张毫无血色的冷峻脸庞，凹陷的双眼无精打采。他看起来拥有蒙古人与南方人的血统，或许还混有印度人的成分，甚而是肤色更黑的人种。窄小的头骨上披着一头垂直的黑发。

"来取车子吗，先生？请问贵姓？"

"米歇尔先生回来了吗？他那辆双色别克硬顶小轿车在吗？"

他没有马上回答。耷拉着双眼一副昏昏欲睡的样子。显然早被问过类似的问题。

"米歇尔先生今天一大早就开车出去了。"

“多早？”

他翻了翻衣服上用红线刺有旅馆名称的口袋，把别在上面的铅笔拿了出来，盯着笔愣着。

“快七点时就走了。我刚好七点钟下班。”

“你们十二个小时轮一次班吗？现在才刚过七点。”

他把铅笔放回口袋里，说道：“我们八小时轮一次班，但有时次序会变化。”

“这么说来，你昨晚值十一点到今早七点的班吗？”

“没错。”他的目光越过我的肩膀，望向远方。“我现在可以下班了。”

我拿出一包香烟，递给他一根。

他摇摇头。

“我只有在办公室里才能抽烟。”

“或是在一辆帕卡德小轿车后面。”

他将右手蜷起，做出一个握着刀柄的姿势。

“你的补给充足不？需要什么东西吗？”

他直勾勾地盯着我。

“你应该问回我，‘什么补给？’”我提醒他。

他默不作声。

“我坦诚我指的不是普通的烟草，”我兴奋地补充道，“是一种加了蜂蜜的‘烟草’。”

我们四目交会，互相盯着对方。最终他轻声道：“你是毒品贩子吗？”

“你头脑清醒得很快，我以为你早晨七点钟吃了药，要神志不清好几个小时呢。你一定装了个闹钟在脑袋里——像艾迪·阿卡罗一样。”

“艾迪·阿卡罗，”他重复道，“对了，那个骑师。大家都说他的脑袋里装着个闹钟，是吗？”

“是这么盛传的。”

“我们可以做笔交易，”他冷然道，“你开个价？”

办公室里响起了铃声。电梯到来之前，我就已经听到了它升降的动静。电梯门开了，那对之前在大厅里手牵手的夫妇从里面走出来。女的穿着晚礼服，男的身着无尾小西装。他们肩并肩站着，像两个被抓到偷亲嘴的小孩。停车场管理员瞄了他们一眼，没搭理走开了。紧接着一辆崭新闪亮的克莱斯勒敞篷小轿车启动引擎，驶了过来。男的小心翼翼地搀着女子，仿佛她怀着身孕似的。管理员则站在车侧扶着车门。男子将她安置好后，绕过车子，对管理员连声道谢，也坐进了车里。

“请问这里去玻璃屋远吗？”他小声道。

“挺近的，先生。”管理员告诉他们过去的路线。

男子笑笑，又向他道了声谢，并从口袋里拿出一美元钞票递给他。

“你可以吩咐我们把车开到入口处的，普雷斯顿先生。你只要打个电话。”

“谢谢，我可以自己来。”男子急忙回道。车子开始爬坡，逐渐从大家的视线中驶离。

“度蜜月的新婚夫妇，”我说道，“热恋中呢，只是不想被别人盯着。”

管理员重新站立在我面前，面无表情，目光呆滞。

“可怜我们两个没有这种好事。”我补充道。

“你是警察的话，我可要按警报器了。”

“你认为我是警察？”

“你真是那种多管闲事的混账东西。”他说话的时候声调毫无变化。像个唱歌一直在B调上，五音不全的人。

“确实是，”我同意道，“我是名私家侦探，昨晚跟踪某人来这里。当时你就坐在那边的帕卡德小轿车上——”说着我指指车子，“我走过去，打开车门的时候，大老远都能闻到里边的大麻味儿。我当时完全可以开跑四辆凯迪拉克离开这里，而你毫不察觉。但那样的话你的麻烦就大了。”

“你今天再开个价吧。”他说道，“我不想再和你啰嗦昨晚的事。”

“米歇尔是独自离开的吗？”

他点点头。

“没带行李？”

“带了，九大件呢。是我帮他装上车的，接着他就退了房。满意了吗？”

“你跟柜台确认过了吗？”

“他自己有账单。都付清了，还开了收据。”

“这当然。还有，带着那么多行李他一定请了个行李员帮忙吧。”

“是电梯服务员。行李员至少要7点30分才上班。当时可是凌晨一点钟。”

“哪个电梯服务员？”

“一个墨西哥的小孩，叫奇科。”

“你不是墨西哥人吗？”

“我同时混有四分之一中国血统、夏威夷血统、菲律宾血统和黑人血统。相信我，像我这样的话，你准会讨厌自己。”

“我只问最后一个问题了。你是怎么做到不被人发现的？我指那些大麻。”

他四处张望了一下。“我只有在情绪特别低落的时候才会抽。这关你什么事？这跟任何人都没有关系！也许我会被抓起来，把这份破工作给丢了，甚至被投进监狱里去，一辈子就这样带着它过活。你高兴了吧？”他讲个不停，像个神经兮兮的人。一时沉默寡言，一时滔滔不绝。我继续听他用平缓低沉、疲惫不堪的声音讲述。

“我才不会对别人生气。我每天活着，好好吃饭，有时睡个觉。得空的话找个时间来拜访拜访我吧。我就住在波尔顿小巷里的一间旧农舍里，房子像个狗窝，坐落在埃斯梅拉达五金制品公司后边，厕所是个小棚子。我平时在厨房的镀锡洗涤池里洗澡，睡觉的床是一张烂到弹簧都要掉出来的沙发。屋里的东西都是超过二十年历史的老物件。这真是一个有钱人住的城市。有空就来拜访我吧，看我住在怎样一个有钱人的房子里。”

“你刚才讲的话跟米歇尔没有半毛钱关系。”我说道。

“你想听什么？”

“事情的真相。”

“哦，我回家到沙发底下找找吧。就算找得到，上头大概也已经积满了灰尘。”

停车场减速坡上传来一阵车子行驶的嘈杂声。他回转身看，我则穿过门口，坐进了电梯。那个停车场管理员真是个古怪的家伙，同时又挺有趣，还带有一丝丝的忧郁，给人一种又伤感又怅然若失的感觉。

电梯迟迟没有到来，在此期间我多了个一起等待的伙伴——克拉克·布兰登。他足足有六英尺三英寸高，帅气逼人，体魄健壮。穿着皮革风衣外套，内搭一件蓝色圆领厚毛衣，英格兰贝德福德灯芯绒长裤，配以一对野外工程师或地质勘探员才会穿的高帮靴子，看起来活脱脱一个演练团队的首领。但一个小时后，他或许又会摇身一变换上西装坐在玻璃屋里吃晚餐，一副老板的模样，也许他本来就是。拥有大把钞票和健康的体魄，也有充足的时间去获取两者，无论去到哪里，他都是贵客。

他瞥了我一眼，让我先进到电梯里面去。电梯服务员在一旁向他恭敬地问好，他颔首示意。我们一起到达了大厅。布兰登迅速走到柜台，柜台职员向他投来灿烂的笑容——一个我从未见过的新职员——接着递给他一大沓信件。布兰登倚靠在柜台的一端，将信件一封封拆开，顺手扔进身旁的垃圾桶里。它们中的大多数都落得了这个下场。旁边的书册架子上有许多旅游小册子。我点着一根烟，拿起其中一本读了起来。

有一封信引起了布兰登的注意。他把它仔细研读了好几遍。从稍远处望去，可以看到是一封短短的信，手写在旅馆信笺上。他手执信件呆立着，然后低身探手到篮子里，将信封找了出来。把信封也细细研究了一番。最后他把信件放进口袋，沿着柜台走过去，把信封交给了里面的职员。

“这封信是什么时候留下的？你知道是谁吗？我好像不认识写信的人。”

柜台职员看了看信封，点点头。“我知道，布兰登先生。我进来的时候恰好看到他将信留下。是一个戴着眼镜的中年男子，身着灰色套装和长大衣，戴着一顶像是灰色的帽子。不像当地人，看起来有点穷酸，也不像是什么身份显赫的人。”

“他有问起我吗？”

“没有，先生。他只叫我把便笺放到你的信箱里。遇到什么麻烦了吗，布兰登先生？”

“他看起来是不是傻傻的？”

职员摇摇头，“只如我所说，他看起来不像身份显赫的人。”

布兰登轻笑起来，“他叫我捐 50 美元给他，然后让我担任摩门教主教。一定是个疯子。”他把信封从柜台拿回，放进口袋里。正要离开，突然回转身道：“有见过拉里·米歇尔吗？”

“我上班后一直没见过他，布兰登先生。不过也就几个小时。”

“好的，谢谢。”

布兰登走到电梯处，坐上了另一部电梯。电梯服务员咧嘴笑着跟他攀谈。布兰登一直没有理睬，正眼都不瞧他一下。服务员乘电梯下楼时一脸受伤。布兰登整个过程都沉着脸，他生气时阴沉着的脸比起往常锐减了几分帅气。

我把旅游手册放回书架上，走到柜台边。柜台职员看了我一眼，不予理睬。他的眼神摆明了不把我当客人看。“有什么事，先生？”

他满头银发，举止得体。

“我正想去拜访米歇尔先生，恰好听到你刚才的谈话。”

“内线电话在那边，”他摆摆下颌指道，“接线员会帮你接通。”

“我可不这么认为。”

“什么意思？”

我拉开夹克外套，作势要拿随身携带的名片夹。看到我在腋下露出的枪托后，柜台职员僵住了，两眼瞪得像铜铃一样大。我把名片夹拿出来，从中抽出一张名片。

“方便让我见见你们的总经理吗？如果有的话。”

他接过名片，看了看。然后抬头朝我道：“请在大厅里找个位置稍候一下，马洛先生。”

“谢谢你。”

我刚转身，他又开始讲电话了。我穿过拱门，背对墙壁坐下，那个位置恰好能清楚看到柜台的情况。我没有等太久。

一个不苟言笑、身板僵直的男子向我走来。他的皮肤像是从来没有被晒过一般，微微泛红，有点惨白惨白的。顶着一头高鬈发，发出略带微红的金光。他站在拱道上，缓缓扫视了一遍大厅，甚至没多瞧我一眼。紧接着向我走来，坐在了旁边的椅子上。他穿着一身棕色套装，脖间系着个棕黄相间的蝴蝶领结，一身装扮与他十分相配。鬓边留有几缕金黄鬓发，头上的几缕银发则使他看起来更加优雅绅士。

“你好，我是贾瓦尼，”他对我说道，却没有看我一眼，“我知道你，名片就揣在我口袋里呢。你遇到什么麻烦了吗？”

“我想找一个叫作米歇尔的人。全名是拉里·米歇尔。”

“你找他有何贵干？”

“只是生意罢了。有什么原因是我不能找他的吗？”

“没什么特殊原因。他今天早晨离开这里，到别的地方去了。”

“这我听说了。对此我有些困惑，他可是昨天才刚回家里。从洛杉矶火车站取了车，一路开过来，看起来很潦倒的样子，连晚餐都是蹭别人的。他在玻璃屋里和一个女孩共进晚餐，还喝醉酒——抑或是假装喝醉了，好不用付账。”

“在这里他可以记账，”贾瓦尼漠然道。他的眼睛不停扫视着大厅，就像生怕什么事情发生：像是玩卡纳斯塔纸牌的人突然从怀中掏出一把枪，朝对方射击；或是那边正在拼拼图的女士一下子互相扯起头发。他脸上只出现过两种表情——冷漠和更冷漠。“米歇尔先生在埃斯梅拉达可是家喻户晓。”

“然而并不太受待见。”我说。

他终于将头转过来，冷冷地盯了我一眼。“马洛先生，我可是这家旅馆的助理经理，同时还兼任安全主任，我想我不方便和你谈论任何一个住在这里的顾客的声誉。”

“你不要跟我谈论，我自己知道。我自己已经多方打听过他，也观察过他的行动。昨晚他勒索了别人好大一笔钱，带着行李跟他一块儿走了。我知道的就这么多。”

“谁告诉你这些的？”他一脸严肃地问道。

我试着也摆个臭脸不回应他。“基于以上内容，我给你提供三种猜想，”我说道，“一、他昨晚没有回房间睡觉。二、根据旅馆工作人员所说，他今天某个时候已经退房走人了。三、今晚值夜班的工作人员中有人不会来上班。米歇尔独自一人根本没办法把所有东西搬走。”

贾瓦尼看了我一眼，然后又扫视了大厅一遍。“你能拿出点其他东西证明自己吗？名片这种东西可是谁都能随随便便印出来。”

我把钱包掏出来，从中抽出一张小小的侦探执照影印件，递过去给他。他迅速瞥了一眼，交还给我，我把它搁到一边。

“我们有自己的办法去应对突发情况，”他说道，“任何旅馆都有可能发生突发事件。我们不需要你的帮助。还有我们也不希望有人携带枪械在大厅里游荡。柜台职员刚才看到你带着枪，其他人也有可能会看到。九个月前曾经有盗匪闯入这里抢劫，其中一个被我射杀了。”

“我在报纸上看到报道了，”我说道，“可没把我吓坏。”

“你看到的报道是片面的。接下来的一周我们旅馆可是损失了四五千美元的生意。一批又一批的人过来要求退房。你了解那会造成多大影响吧？”

“我是故意把枪露给柜台职员看的。我今天一整天都在打听米歇尔的下落，却一直白费劲地跑来跑去。如果他已经退房了，为什么不直接说呢？我又不是来追究他有没有把账单赖掉。”

“没人说他会把账单赖掉，马洛先生。他可是把账单都付清了。你到底想知道些什么呢？”

“我想知道为什么你们把他退房这件事当成个秘密。”

他轻蔑一笑。“没人这么说过。你大概自己犯糊涂了。我说过他出城旅游去了，说过他已经把账单付清。我可没说过他随身带了多少行李，也没说过他退掉了房间，更没有说过他把房间都清空了……你这么费尽心思，到底想从中找出些什么？”

“谁帮他把账单付清了？”

他的脸微微泛红。“给我听着，你这个浑蛋。我告诉过你，是他昨晚亲自来付的，一次性付清，还预付了整整一周的房费。我对你已经够有耐心的了。换你告诉我一些事情了，你有什么想法？”

“我什么想法都没有。该说的你都说了。不过，他为什么要提早一个星期付账？”

贾瓦尼轻轻地笑了，十分轻微，像是要把这个笑容分开几次笑出来似的。“你给我听着，马洛先生，我可在军事情报局工作过五年之久。我可以轻易地看透一个人——拿我们刚才讨论的那个家伙为例。他提早付账因为那样子我们会更高兴，这样子对他也有好处。”

“他以前有试过预付房费吗？”

“该死的……”

“说话注意点，”我插嘴道，“那个拄着拐杖的老绅士可是一直关注着你的反应。”

他朝大厅望去。大厅中央放着一张低矮的圆背靠椅，上面坐着一位年迈瘦小，看起来脸色略显苍白的男子。男子双手戴着手套，手中握着一根弯弯的手杖，正用下颌顶着双手，眼睛一眨不眨地朝我们看来。

“哦，是他，”贾瓦尼说道，“他压根儿看不清我们，他今年都已经八十岁高寿了。”

他站立起来，面对着我。“好吧，你还真是守口如瓶。”他低语道，“你是一个私家侦探，按照客户要求和指令办事也是理所当然。我只对与旅馆休戚相关的事感兴趣。下次再来记得把枪留在家里。如果你有任何问题的话，尽管来找我。你可不要不知天高地厚。要是外面传出些什么闲言碎语我们可饶不了你。如果你惹出麻烦来，当地的警察可不会给你好果子吃。”

“我离开这里之前可以去酒吧买杯喝的吗？”

“可要把你的夹克外套扣紧了。”

“五年的军事情报局工作，你一定学到了很多本领。”我敬佩地仰头望着他。

“对付你们绰绰有余。”他简洁有力地一颔首，迈开步子抬头挺胸从拱门穿过，看上去整一个身板笔挺、仪表堂堂的好男儿。同时又是一个精于世故的老手。他这一番动作下来，我印在名片上那些吓唬人的东西顿时烟消云散。

这时，坐在矮凳上的那位老绅士将手从手杖上抬起，用那只戴着手套的手勾起一只手指向我示意。我一脸疑惑地用手指指自己的胸口。他点了点头，我向他走了过去。

他是上了一定年纪，但还远远称不上老态龙钟。一头白发一丝不苟地从中间分开，挺直的鹰钩鼻，一双略显混浊的蓝眼睛看起来炯炯有神，只是耷拉的眼皮显得有些无神罢了。其中一只耳朵上挂着助听器，灰粉的色调与耳朵颜色相近。戴着一双绒面手套，口子向后折起。脚上是一双擦得锃亮的黑皮鞋，还套着鞋罩。

“年轻人，拉张椅子过来坐下吧。”他的声音尖细干涩，像清风吹过竹林时叶子发出的沙沙声。

我在他身旁坐下。他仔细端详了我，然后微笑起来：“我们了不起的贾瓦尼确实在军事情报机构里工作过整整五年，这点他可不是唬你。”

“我知道，先生。在美国反情报小组里。”

“告诉别人在反情报小组里做事，相当于说自己跟它一样内在充满了谬论。你很好奇米歇尔是怎么付清账单的吗？”

我凝视着他，目光定定地看着他耳上的助听器。他拍拍胸前的口袋说道，“还没有发明出这些高科技之前我就已经聋了。都是我自己的错，我太心急了，想要阻止一个猎人，一下子抓着他，结果吓了他一大跳。我当时还年轻呢，可不愿意接受要戴助听器这个事实，于是便去学唇语。当时可花了好大一番功夫。”

“先生，那米歇尔呢？”

“甭急，会讲到他的。”他抬头看看，对我点了点头。

一个声音在旁边响起，“克兰伦登先生，晚上好。”紧接着一个侍者经过他的身边，往酒吧方向走去。克兰伦登的目光追随着他。

“别理他，”他说道，“他是个恶棍。我曾经花费很多年的时光在旅馆大厅、休息室和酒吧上，也混迹于世界各个走廊、露台和温室花园。作为家族里最年长的一位，我本该像个废人一样整天无所事事，要不就多管闲事，等着哪天有人扛着担架过来把我抬到医院那些漂亮的小病房里去。到时候我会被那些穿着白大褂的怪物侍候着，把床上下升降摇个不停。一天到晚只能吃医院里糟糕透顶的食物，睡觉过程中时不时被叫醒测脉搏和量血压。还得整天瘫痪似的躺在床上，日日忍受着听护士走来走去时裙子摩擦的沙沙声、橡胶鞋子在无菌地板上走过发出的黏糊声，还要承受医生看着你一言不发，只是微笑时带来的那股巨大压力。再过一段时间，他们就会给我的脸蒙上氧气罩，在我的床边放上监视器，而我很可能只是神志不清地躺着，然后向这个世界做出每个人一生只有一次机会的告别。”

他把头慢慢转过来看着我，“我话有点多了，你叫什么名字？”

“菲利普·马洛。”

“我是亨利·克拉伦登四世。就是那种所谓的上层阶级，那种出身于格罗顿、哈佛、海德博格还有索邦大学的人。我还在乌普索拉待过一年，却连去那儿的具体原因都记不清了，反正我这种人就是生活休闲无忧。对了，你是个私家侦探对吧。看，除了自己的事，我还是会说些别的。”

“是的，先生。”

“你早该来找我的。当然，你也不可能知道。”

我摇摇头，燃起一支香烟。在那之前还给亨利四世递上一根，但他含意不明地微微点头，拒绝了。

“不管怎样，马洛先生，你还是应该了解一些事情。在世界上任意一个豪华旅馆里，你都能看到一堆无所事事的老人，或男或女，在那里干坐着，游手好闲，只会像猫头鹰一样盯着人来人往。他们一天到晚光看，光听，互相攀比，或对别人的八卦大聊特聊，不干一件正事。由此可见，在旅馆里度日可算是对无聊生活最好的诠释了，就像我现在令你感到厌倦一样。”

“我想听听一些关于米歇尔的事，克拉伦登先生，至少是在今晚。”

“噢，当然。你看我多荒谬，太自以为是了，像个上学的小女生一样叽叽咕咕个不停。看到那边那个正在玩卡纳斯塔纸牌的黑发漂亮女人了吗？戴了很多令人眼花缭乱的珠宝首饰，眼镜镶着厚厚金边的那个。”

他并没有给我指出来，甚至连眼神都没瞧一眼。但我立刻在人群中将她辨认出来。她看起来将近中年，神情有点冷漠，看起来就像一块冰块或者一幅画像。

“她叫玛戈·韦斯特，是一个离过七次婚的女人。她有大把钞票，长得也算秀色可餐，但就是没有办法跟一个男人长相厮守，她就是留不住他们。她并不笨，她是那种会跟像米歇尔这样的男人风流的女人，给他们钱，帮他们付账，但绝不跟他们结婚。他们昨晚一定大吵了一架，不然的话她早就帮他把账单付清了，之前就一直如此。”

“我听说他在多伦多的父亲每个月都会汇一笔钱给他。不够他花吗？”

亨利四世对我露出一个嘲讽的笑容。“亲爱的伙计，米歇尔压根没有一个在多伦多的父亲，也不可能每个月从他那里得到汇款。他靠女人过活，所以他才会住在这样的旅馆里。像这样的豪华旅馆总是不缺一些富有又寂寞的女人。她也许算不上年轻貌美，但她身上有一种独特的魅力。在埃斯梅拉达的淡季，大约从戴尔玛马赛结束到一月中旬这段时间，这里就没什么钱可赚了。米歇尔往往会趁这段时期外出旅行——如果那一年收入丰厚的话，就去西班牙马略卡岛或者瑞士，没什么资金的话就去佛罗里达或者加勒比海上的某个小岛。今年他运气可不好，我看大概最远只能去到华盛顿州了。”

他扫了我一眼。我依旧淡定地保持应有的礼数。就是那种（按照他们这个年纪的标准）一个年轻人对一位喜爱交谈的老绅士该有的礼节。

“懂了，”我说，“很有可能是她帮他付清的账单。但是为什么要提前整整一个星期呢？”

他将戴着手套的双手交错搭在一起，身体随着拐杖一起微微前倾，盯着眼前毯子上的花纹，好一会儿没有说话。最后，他终于把问题想清楚，牙齿上下打了个冷战，重新坐直身子。

“那是一笔遣散费，”他声音干涩地说道，“是对那段感情结束的最后宣告。韦斯特女士，已经对那段感情产生厌倦。再者，昨天米歇尔公司里来了一个头发暗红的新女孩，不是火红或草莓红，是那种栗子红的颜色。在我看来他们的关系很微妙，之间似乎还有着某种血缘联系。”

“米歇尔会勒索女人吗？”

他咯咯大笑起来，“他可是连襁褓中的婴儿都忍心下手。一个靠女人生活的男人，哪有什么不敢勒索的道理，只是他们自己不这么想罢了。一旦有机会，他甚至会偷她们的钱。米歇尔擅自以玛戈·韦斯特的名义伪造了两张支票，所以亲手把这段关系给毁了。她当然有大把票子，但比起跟米歇尔的关系，她显然更在乎它们。”

“克拉伦登先生，恕我冒昧，您到底是怎么知道这些事情的？”

“她亲口告诉我听的。她靠在我的肩膀上大哭了一场。”他望向那边一位面容姣好、一头黑发的女子，“这些事情的真相她本来是不想告诉我的，但最终还是说了。”

“那您又是为何肯告诉我呢？”

他咧嘴露出了狰狞的笑容，“都怪我不够殷勤，本来娶玛戈·韦斯特的人是我。这样的话事情可就完全不一样了。到了我这个年纪，一些小事就能把我逗乐。像是听见一只蜂鸟的啼叫，或是看见一朵鲜花美妙地绽放。为什么花朵生长到一定程度花瓣就会在某个角度绽开？为什么它们总是要缓慢地按次序伸展身姿而不能一蹴而就？这种种巧合是有意为之，好让花瓣尖端在尚未绽放时像鸟喙，而绽放后的蓝橘花瓣成为一只天堂鸟吗？是哪个神明，明明可以创造一个简单的世界，却偏偏要造得如此缤纷精妙？他真的是无所不能的吗？他是怎么办到的呢？这个世界有如此多的不公，而承受苦难的又往往是最无辜的生命。为什么一只困在陷阱中的兔子妈妈宁愿忍受割喉的命运，誓死也要将自己的孩子护在身后？而她们甚至两周后就不认得对方了，这样做到底有什么意义？年轻人，你相信上帝的存在吗？”

他将话题扯得太远了，但我还是回答了他：“如果你是指能将万事万物按自己意愿进行安排，一个无所不能、无处不在的上帝的话，我的答案是‘不’。”

“马洛先生，你应该相信的，这能给你很大的安慰。我们所有人都终将逝去，尘归尘，土归土。可能这对一些人来说毫无所谓，但有的人可不这么认为。谈到来生这个话题，问题就多了。拿我做个例子，我不认为自己能够忍受和那些刚果小矮人、中国苦力、地摊小贩，甚至是好莱坞制作人在天堂里其乐融融地住在一个屋檐下。你可以指责我势利眼，或者说我品位差。我也不能想象天堂是由一个留着大白胡子，一脸慈爱，我们称之为上帝的老头来掌管。这些想法都太幼稚了。但无论看起来多么愚不可及，你都没有权利去质疑别人的宗教信仰。当然，我也没有资格说自己死后一定能上天堂，况且这件事听起来挺乏味的。还有我也不能想象还没受洗礼就夭折的婴儿怎么能在地狱里和那些杀手、纳粹指挥官抑或苏联政治家们混在一起堕落？人类作为渺茫宇宙中一种微不足道的生物，却又能有着最远大的抱负，能靠行动创造世间最伟大的奇迹，能在残酷的生活中保持热忱无私的英雄主义与赤诚无畏的勇气。这些事情与人类个人的命运相比，可重要得多了。这岂不怪哉？冥冥中一定有什么能给这一切一个合理的解释。不要敷衍我说荣誉感纯粹是一种身体的化学反应，而那些从古至今舍身救人的动人事迹只是人类机械遵循的一种行为模式。让一只猫中毒后痛苦抽搐，孤独地死在广告牌后，上帝会快乐吗？让众生过充满苦难的生活，运用适者生存的进化定律进行淘汰，上帝又会高兴吗？不，这可差得远了。如果上帝真如传说那般无所不知、无所不能的话，他根本连世界都不用创造。正是有失败的存在，才凸显成功的意义，也正因为中庸的挣扎，才有了艺术的产生。如果我说上帝只是活在更漫长的岁月里，也会像我们普通人一样有烦恼与忧愁，这算是一种对神明的亵渎吗？”

“克拉伦登先生，你真是个充满智慧的人。你总是讲一些不同寻常的话。”

他虚弱一笑，“你是认为我讲得太多忘记了原本要说的话吧。不是的，先生。像韦斯特女士这样的人，总是不可避免会嫁给那些追逐金钱的伪君子：像留着漂亮鬓角的探戈舞者，有一身结实肌肉的溜冰指导员，法兰西或意大利的没落贵族，来自中东表面风光的假王子……而且越嫁越糟糕。更不堪的话还可能嫁给米歇尔这样的人。就算我已经上了一定年纪，为人无聊透顶，但起码她跟我结婚，她嫁的还算是个君子。”

“是的。”

他哈哈大笑起来，“你回答这么简短，内心一定在想亨利·克拉伦登四世这个人说话实在夸张。没事，我不怪你。对了，马洛先生，你为什么对米歇尔这么感兴趣呢？不过我想你应该不能告诉我原因。”

“万分抱歉，先生，我确实不能告诉你原因。我只是想知道为什么他才刚回来就要急匆匆离开？是谁，又是为什么要帮他付账单？假若真是韦斯特女士，或者说，是像克拉克·布兰登这样的有钱朋友替他付的，又是为什么要预付整整一个礼拜的房费？”

他挑挑那双稀疏的眉，“布兰登只消打个电话就可以轻松把钱打进米歇尔的账户。韦斯特女士也许会更喜欢直接给他现金让他自己去付。预付了整整一个星期的房费？为何贾瓦尼要告诉你这个？他在暗示些什么？”

“有些关于米歇尔的事情旅馆一直守口如瓶，不想被人发现。他们大概是担心这些事公之于世会对旅馆造成不好的影响。”

“比如？”

“举个例子吧，像是自杀或谋杀这样的事情。如果发生了顾客从窗户跳楼自杀的事情，你有听说过什么大酒店或者豪华旅馆的名字吗？但这些事情就往往都发生在像这些在市中心或者商业区的著名旅馆里。就算楼上已经天塌下来了，你也永远不会在一个高级酒店或者旅馆大厅里看到警察。”

说完他把眼睛瞥到一边，我的目光不由得跟随过去。刚才正在打卡纳斯塔纸票的人已经散去。玛戈·韦斯特穿着华丽的衣裳，面无表情地跟其中一个男人朝吧台走去。她把手中的烟滤嘴倾斜着高高举起，好像船首斜杆一般。

“所以呢？”

“所以，”我急忙应道，“如果米歇尔登记过入住的房间的话，那么无论他住在哪里——”

“418 号房。”克拉伦登娓娓说道，“住在靠海的一边，淡季 14

美元一晚，旺季时会涨到 18 美元。”

对他来说不算便宜。但我们假设他还是订下来了。所以不管发生什么，他都应该只是离开几天罢了。在早晨七点钟收好行李，开走车子，考虑到他前一天晚上醉得不省人事，这个时间点能离开还真是有趣。

克拉伦登将身子靠回椅背上，任由戴手套的双手无力地耷拉在两侧，显露出一副筋疲力尽的样子，“如果真是这样，旅馆应该宁愿让你认为他一走了之了才对呀？这样如果你真是在找寻他的下落的话，就会去别的地方打探消息了。”

他翻了我一个白眼，咧嘴笑了起来。

“你没对我说实话，马洛先生。我是一直在讲话，可我讲话并不是为了听自己絮絮叨叨。我讲话的目的是更好地观察别人，这种方式不会显得那么失礼。刚才讲话时我已经好好观察过你一番，如果我的直觉没错的话，你真正感兴趣的并不是米歇尔，否则你不会把关于他的事情和盘托出。”

“嗯——哈，可能吧。”我说道。这真是这番谈话的败笔。我本以为会令亨利·克拉伦登四世无话可说，没想到现在轮到自己哑口无言。

“你自己离开吧，马洛先生。”他说道，“我累了，想回去房间躺下小憩一下。与你的这次谈话很愉快。”他拄着拐杖，费了好大一番功夫，才慢腾腾地站起来。我站在他身旁。

“我跟人分别时从来不握手。”他说道，“我的手又老又丑，所以我才给它们戴着手套。晚上好，年轻人，我们有缘再见。祝你好运！”

他高昂着头，慢悠悠地走开了。我可以看出他每走一步都相当吃力。

从大厅到拱道要向上踏两步，他把两步并作一步地走，但中间停顿着使了好一会儿劲才办到。他走路时总是先迈右脚，同时身子左倾用力靠着手杖。我看着他慢慢穿过拱道，走到电梯里，确认他没事。

我独自踱步到吧台边。玛戈·韦斯特女士正和其中一个卡纳斯塔牌友坐在那里，笼罩在一片昏黄的阴影下。侍应正把喝的端到他们面前。我没有太留意他们，因为我发现靠墙的一个小隔间里一个我熟悉的人正孤身坐着。

她穿着与之前一样的衣服，只是这次头发没有被发带高高束起，而是放下来，松散地披在脸的周围。

我在她对面坐下。服务员走过来，等我下了单，便离去了。酒吧里流泻着低柔美妙的音乐，但看不到播放员在哪儿。

她羞赧一笑，"很抱歉之前那么失礼，我情绪失控了。"

"把它们都忘了吧，是我害你这样的。"

"你到这里来是找我的吗？"

"不是故意的。"

"你——噢，我差点忘了。"她一把抓过包包把它放在腿上，在里面翻找了好一阵，然后把一件小物件从桌子对面递过来——是一沓旅行支票，"我承诺过给你这个。"

"我不能要。"

"快点收下它，你这个笨蛋！我不想让服务员看到。"

我收下支票塞入口袋中。然后从外套内衬口袋中掏出一本小收据本。填写了票根和票据："兹收取来自美国加州埃斯梅拉达卡萨旅馆的贝蒂·梅菲尔德小姐总额五千美元，由美国运通公司所开具的旅行支票形式，以每张一百美元的面额，经持票人签名同意，收票人暂为保管，持票人在任何情况下仍具有对该笔财物的支配权，直到收票人受其雇用，以该笔费用进行支付。签署人：×××”。

我在这张烦琐冗长的纸上签署了名字，然后将本子递给她看。

“仔细阅读一下，然后在左下角签上你的名字。”

她接过本子，将它靠近灯光看。

“我快被你累死，”她没好气地说道，“你到底想表达什么？”

“证明我是个诚实正直的人，而且确保你也这么想。”

她接过我手中的笔，签好了名字，然后将本子交还给我。我将那页撕下来递给她，把本子放到一边。

服务员端着饮料走上前来放下，没有停留在旁等我们付账。贝蒂对他摇摇头，他立刻走开了。

“你为什么不问我有没有找到拉里呢？”

“那我就问吧。马洛先生，你找到拉里了吗？”

“没有。我赶来时他已经离开旅馆了。他的房间在旅馆四楼，跟你的房间在同一边，没准就在你的正下方。他带着九大件行李，开着自己的那辆小别克走了。有一个叫贾瓦尼的旅馆工作人员——他说他自己是助理经理和安保主任——很满意米歇尔把账单付清了，还多付了一周的房费。他没什么好担心的。当然啦，他对我没什么好感。”

“有人喜欢你吗？”

“你呀——我在你眼中可是值整整五千美元。”

“唉，你真是个傻瓜。你认为米歇尔还会回来吗？”

“我跟你说过他多付了整整一周的房费。”

她默默地啜饮了一口饮料，“所以你相信他会回来。但他这么做也有可能是别有打算。”

“当然有可能，我只是信口胡说一下罢了。比如说，我也可以假设账单不是他自己付的，而是另有其人。也许有人想争取些时间处理什么事——像是清走昨晚在你阳台的尸体。假若真有尸体在那里的话。”

“够了，你闭嘴！”

她将饮料一饮而尽，掐灭香烟，将支票留下，抛下我起身离去。我结了账也打算离开。出于某种直觉，我选择了穿过大厅回去。在那里我碰巧看到哥布尔一脸紧张地走进电梯。他转身时目光似乎扫到了我，但看起来没有注意到我的存在，坐着电梯往楼上去了。

我走到外面，取回车子，一路往蓝秋·德斯堪萨多旅馆开去。一回到旅馆，我就陷在沙发里沉沉地进入梦乡。这几天实在经历了太多，我需要好好休息一下，把大脑理清楚。也许醒后我就能想明白自己到底在干什么。

18

一个小时后，我将车停在一家五金店门前。虽然它不是埃斯梅拉达唯一的一间五金店，但只有它开在波顿巷后边。我沿着巷子朝东边走去，一路欣赏计算沿巷的店铺。从这里一直走到巷角共有七家店铺，所有店铺都装着熠熠生辉的玻璃和镀铬的装饰。转角处是一家服装店，门口橱窗里摆满了服装模特儿，灯光下是琳琅满目的围巾手套和光彩夺目的时装珠宝，商品上一概不见价签。我在转角处绕了一圈朝南走去。人行道两旁长满了蓊蓊郁郁的桉树，枝繁叶茂的枝叶伸展开来，粗壮的树枝被厚厚的树皮包裹着，几乎要低垂到路面，跟洛杉矶那些高大但不堪一击的植被风格迥异。波顿巷一个偏僻的角落里有一家汽车修理厂，沿着修理厂那堵高高的灰墙走去，一路上映入眼帘的是一堆堆废弃破烂的木板和纸板箱、烂掉的旧鼓、积满灰尘的停车场和一个精致休闲的小庭院。我抬头数了数楼层，不多，一目了然。一间小屋舍的窗户里透出缕缕温暖的灯光，看样子很久以前这里曾经是某人的家。屋舍前是木制的门廊，上边有一道木栅栏。看得出房子主人过去有精心上漆维护过它们，但由于年久失修，栅栏早已被岁月磨蚀去本来的面目。这里过去甚至可能是一个满是绿树红花的花园呢！屋顶的木瓦条因为风吹雨淋，早已曲翘得不成样，大门颜色也褪成了肮脏黯淡的浅黄，窗户紧闭着，要费尽九牛二虎之力才能推开。窗后是一道款式老旧的复古式卷轴百叶帘。走上去门廊需要跨过两道台阶，但只有一级台阶可以稳稳当当地踩上去。从小屋舍后走去五金店半路的装卸货物小平台上有个户外卫生间，但可以看到外面的一条水管直直插入地下的凹陷处，相当简陋，仿佛置身豪华版贫民窟中，这种装潢简直令人无话可说。

我跨过那级腐烂中空的台阶，走到门前敲了敲门。门上没有门铃可按，屋里也没有任何回应。我只好转了转门把手，门没有锁，带着一种里面藏着什么不该看的东西的感觉，我推门走了进去。

灯泡插在锈迹斑斑的变形底座上，幽幽地亮着，灯罩则四分五裂得不成样。屋里的摆设陈旧而简单：搭着条脏兮兮毯子的沙发、一张老旧的靠背椅、一把波士顿摇椅，还有桌布上满是油渍的桌子。桌面上摆着一个咖啡杯，旁边是一份打开的西班牙报纸，还有一个装着烟蒂的杯垫，一个没有清洗过的碟子，一台小小的收音机里正播放着音乐。突然音乐戛然而止，变成一个男子喋喋不休地用西班牙语进行广告宣传。我走过去把收音机关上，寂静立刻像轻柔的羽毛般笼罩整个房间。一扇半掩的房门后依稀可听见闹钟的嘀嗒声，随后一阵窸窣作响，一个略带沙哑的声音带着激动的颤音问道："是谁？是谁？是谁？"紧接着是像一群龇牙咧嘴的猴子聊天般的聒噪喧闹声，最后重归寂静。

角落里搁着一个巨型鸟笼，一只鹦鹉在里面瞪着圆溜溜的小眼睛，生气般地盯着我看。它将身子侧着，尽可能远地站在栖木边上。

“朋友，你好。”我说道。

鹦鹉发出一阵尖厉的疯笑。

“别随便笑，小兄弟。”我说道。

鹦鹉小心翼翼地横行到栖木的另一端，将头埋进笼里一个白色杯子里，小嘴巴不断啄食里面的谷粒。相邻摆着另一个装着水的杯子，里头也满是漂浮着的谷粒。

“我看你一点良好的卫生习惯都没养成。”我朝它喊道。

鹦鹉用滴溜溜的眼睛盯着我看，然后一步步蹦跳着远离我。它偏偏小脑袋，换另一只眼睛盯着，然后身子前倾，扇动尾部的羽毛，仿佛在赞成我说的话。

“傻瓜！”它大喊，“外面那个！”

屋子某处年久失修的水龙头里传来漏水声。墙上的挂钟嘀嗒嘀嗒走着，鹦鹉模仿着发出一阵更响亮的嘀嗒声。

我冲他喊道：“长得挺漂亮的嘛。”

“去你的。”鹦鹉回道。

我朝它笑笑，推开那道半掩的门，门后是厨房。铺在池子前的毡布破损到露出下面的地板，一个锈迹斑斑的三灶式煤气炉，架子上放着一些碗碟和闹钟，角落里一个平台上铆着款式老旧的热水池，没有安全阀使用时得小心爆炸。身后有一扇窄门，紧紧关着，上头插着把钥匙。还有扇窗户，也是紧闭着。一盏灯吊在天花板上，天花板上布满裂缝与屋顶漏水留下的水渍。我的身后，鹦鹉正在栖木上漫无目的地蹦来跳去，时不时发出一阵没有意义的胡言乱语。

锌制沥水台上安着一根短短的黑色橡胶管，隔壁是带有注射头的玻璃皮下注射器，柱塞一直推到底部。水池里有三根细长玻璃管子，附近搁着软木塞，我之前曾经见过类似的管子。

我推开厨房的后门，走去后院的临时洗手间里。洗手间有着小斜坡似的屋顶，前端大约八英尺高，到后端只剩不到六英尺了。门口朝外开着，因为空间太小也只能外开着了。门口挂着一把锁，已经十分老旧，我很轻松就打开了它。

男子的脚尖几乎要触到地面。他的头在黑暗中高仰着，离屋顶只剩两到四英寸的距离。脖子上挂着一根黑色线圈，也许是一根电线。脚趾僵直朝下，仿佛踮起指尖站立着。穿着一条翻边卡其粗纹裤，裤腿一直长到脚踝处。我轻轻碰了碰他的身体，感觉已经冰冷了很久，完全没有必要把他放下来了。

想必他当时自尽是下了决心的。他站在厨房的水池旁，将橡胶管绕过手臂一圈打结绑死，用力握紧拳头，好显出血管，然后直接往血管里注射了一剂吗啡。虽然三根管子现在都是空的，但不难猜想当时至少一根里面注满了药物，不然剂量不够。接着他只要将注射器放下，松开绑在手臂上的管子就可以了。这不需要花费多长时间，也不用狠心往血管扎上一针。最后他走到洗手间里，站到椅子上，将电线绕过自己的脖子打上个结。当时的他会感到眩晕，只要静静站着等到双腿无力，自然而然会一命呜呼。他不会有任何感知，整个人就像沉睡了一般。

我面对他轻轻将门掩上。没有再回到屋子里，我沿着街道向波顿巷走去。在那条精致的小区街道上，鹦鹉在一间小屋子里听到了我的声响，大声叫道："是谁？是谁？是谁？"

是谁？亲爱的朋友，谁也不是，只是黑夜里一阵细碎的脚步声。

我迈着轻柔的脚步，离开了这里。

19

我漫不经心地踱步走着，但很清楚自己要去的地方——卡萨旅馆，像往常一样。走到格兰街取回车子，我开着它漫无目的地绕了好几个街区，然后将它像往常一样停到酒吧入口附近的车库里。走出停车场时我注意到了身边的车子，又是哥布尔那辆黑色小破车。他简直像块狗皮膏药一样黏着我。

如果是平时，我早就开始思索他目的何在。但现在我的思绪被另外一个更迫切的问题占据了：我必须要去警察局将那个上吊男子的事告诉他们。可是该告诉他们什么呢？我为什么会去那所房子里？难道告诉他们因为他告诉了我事实，还一大早就看到米歇尔离开旅馆。这事有什么要紧的？因为我正在找寻米歇尔的下落，我想跟他好好坐下来促膝长谈一番。谈论什么？问到这我不禁想到贝蒂·梅菲尔德小姐，她是谁？她来自何方？又是为了什么改名换姓？到底在华盛顿，或弗吉尼亚之类的什么地方发生过什么事？很显然她一直在竭力回避谈及这件事。

我的口袋里还揣着她给的五千美元支票，然而认真来说她甚至还不算是我的正式客户。我的处境是有点进退维谷，但还不至于太糟。

我走到悬崖边，聆听海浪的声音。站在那里什么也看不清，只能偶尔看到一些拍打出粼粼波光的海浪。海湾里的波浪不会有太明显的起伏，它们安静柔和地融入海中，像四处逡巡的店铺员一般。稍后，海面就会出现一道明亮的月光，但现在还未到时候。

不远处也站着一个人，和我一样看着海面拍打出来的海浪，是一名女子。我不动声色地等她移动身子，只要她一动我就可以确定自己是否认识她。每个人都有自己独特的走路方式，就像世界上不可能有两个相同的指纹一般。

我点燃一根香烟，利用烟头的火光将脸照亮。她就在我的身旁。

“难道你还不停止跟踪我的行为吗？”

“你是我的委托人，我正在保护你。也许等到我七十大寿的时候，有人能告诉我个究竟。”

“我不需要你的保护，也并非你的委托人。为什么你不回家去呢——你也有个家吧——这样大家都不会烦恼了。”

“你是我的委托人——值五千美元呢。我必须要为此做一些事——就算是干坐着等胡子长出来这种小事。”

“你简直不可理喻。我付钱给你就是为了买个清静。你真是太不可理喻了，简直是我遇到过最不可理喻的家伙。我真够幸运的。”

“里约那间隐蔽的高楼公寓呢？我可是要在那里穿上真丝睡衣，躺在床上好撩拨你迷人的长发，男管家脸上会带着礼貌性的假笑，配以周全的礼节为我们摆上韦奇伍德瓷具和乔治亚时代的银器，看上去活像个娘娘腔的发型师跟荧幕大明星调情挑逗一般，不是吗？”

“噢，你给我闭嘴！”

“是个好提议，不是吗？我知道浮生若梦，那只是你玩弄的一个把戏，消磨掉我的睡眠时间，好陪你一起疯疯癫癫去找那具根本就不存在的尸体。”

“你有试过被人在鼻子上猛揍一拳吗？”

“经常有人想这样，但有时我能躲开。”

我一把抓住她。她试着挣扎，想用手抓我，但没有指甲。我亲了亲她的额头，她突然紧紧抱住我，将脸仰起。

“好吧，你高兴就好，想亲的话就亲。我猜你更想在床上干这事。”

“我只是个普通人。”

“不要再为自己开脱了，你就是个下流的浑蛋侦探。吻我吧。”

我低头吻了她，紧贴着她的嘴唇，我说道：“他今晚上吊自尽了。”

她猛地一把推开我。“你说谁？”她的声音几乎不成声调。

“这里的停车场守夜人，你也许跟他素未谋面。他总是在这里一边喝着龙舌兰酒和茶，一边抽着大麻。今晚他给自己注射了足量的吗啡，在波顿巷家中的洗手间里上吊自杀了。就是那条格兰街后面的小巷子。”

她开始发抖，整个身子倚靠着我以防摔倒。她拼尽全力仿佛试着说些什么，但声音哑到简直说不出话。

“他就是那个说亲眼看见米歇尔一大早带着九大件行李离开的人。我当时不是很相信他，他告诉了我他家的地址，我今晚过去就是想再跟他好好聊聊。但现在却变成要去警察局报案了。我要怎么跟警察讲关于米歇尔的事，甚至还牵涉到了你？”

“求你了，请你不要把我牵涉进去，”她低声细语道，“我愿意付更多的钱给你，无论你想要多少钱我都会给。”

“我的天，你给我的钱已经超过我所应得的了。我想要的不是钱，而是对我现在所作所为的更多理解。你应该听说过所谓的职业道德准则吧，我仍然受它们的约束。你现在愿意承认是我的委托人了吗？”

“好了，我放弃抵抗，现在是了。反正大家到最后都会向你投降，是吗？”

“才不是，我总是被骗得团团转。”

我从口袋里掏出折叠着的支票簿，打开铅笔顶端的小电筒照明，撕下了其中五页。然后我将支票簿重新叠好，递到她手中。“我收下其中的五百美元，这样就合情合理了。你现在可以将一切对我和盘托出。”

“不，你没有必要告诉任何人那个男子自杀的事。”

“我必须说，我刚才差点就要去警察局了。我必须要去一趟。但我没有把握我编出的话他们不会在三分钟内就轻易拆穿。来，拿走你那该死的支票——如果你再给我这个，你就等着屁股挨揍吧。”

她抓住支票簿，在黑暗中将它们撕个烂碎，散落到旅馆门前的地上。我像个傻子一样呆立着，时间不知道过去了多久，我将五张支票塞进口袋，木然地走回车上，点火启动，开往我知道我必须要去的那个地方。

20

一个叫弗雷德·波普的男子曾跟我谈论过他对埃斯梅拉达这座小城市的看法。他在那里经营着一家小汽车旅馆，是个年迈健谈、善于聆听的老先生。这些看起来毫不相干的人有时总能说出一两件事，对我工作的成败至关重要。

“我已经在这里生活了三十年，”他说道，“初来这里时我有干性哮喘，现在变成湿性哮喘了。我还记得这座城市曾经是那么的静谧，随处可见狗狗们慵懒地睡在林荫道上，你开车经过那里时总是不得不停下来，还得下车将它们推到一旁好继续前进。那些小家伙被推时，会瞪眼看你。每到周末你就觉得自己要死了，所有店铺门都像银行保险库一样紧闭着。你可以选择去格兰街找乐子，但感觉自己就像行尸走肉去到停尸房一样，连包香烟都买不到。街上简直静到能听到一根针掉落的声音。我和我的老伴——她已经逝世十五年之久了——过去常常会沿着崖边到街上一个属于我们的小屋里玩克里比奇桥牌。我们一路上都会留意身边，看有没有什么有趣的事情会发生——像一个小老头拄着他的拐杖散步这类事。我不清楚海尔维格先生是真心希望那样，抑或只是出于恶作剧。那几年他并没有生活在这里，他可是农业器械生意里的巨头。”

“极有可能是因为，”我说道，“他这种聪明人预见到在埃斯梅拉达投资将会得到丰厚的回报。”

“也许吧，”弗雷德·波普说道，“不管怎样，差不多是他一手建立了这座城市，然后他就定居在此了——就住在山顶其中一间屋檐斜倾、拉毛粉饰过的宽敞房屋里。屋子可漂亮了，屋里还有一个美丽的花园。里面长满灌木，绿草如茵，篱笆上满是鲜花，连门口都是一扇从意大利进口，装饰精美的铁门，听说里面还铺有专门从亚利桑那州运来的鹅卵石。更夸张的是，似乎还不止一个这样的花园，可是有好几个。反正他家产丰厚，邻居也只能心怀羡意，不可企及。他每天必然要去酒馆喝两瓶小酒，听说还是个相当难侍候的主子。此外他还有一个女儿，叫帕特里丝亚·海尔维格，是个可人儿。”

“从那以后，就不断有人搬入埃斯梅拉达这座城市居住。一开始搬入的都是些上了年纪的女人和她们的丈夫。当时殡葬业可是兴盛一时，因为她们的丈夫都是些行将就木的老家伙了，这些深爱他们的寡妇在他们死后都要好好追悼埋葬一番。那些该死的女人都活得够长的，我的可没这个福分。”

他再也说不下去了，把头转向一边，好一会儿才平静下来，继续对我说。

“后来，有轨电车从圣地亚哥一路通到了这里，但这依然是一座静谧的小城市——简直安静得有点过头。几乎没有小孩在这里出生，怀孕被视作一件荒淫纵欲的事情。但不久后，战争就改变了这里的一切。现在这里随处可见那些大汗淋漓的臭男人，穿着李维斯T恤调皮捣蛋的小屁孩，还有那些所谓的艺术家和总是在乡村俱乐部喝得烂醉的酒鬼们，纪念品店里两口就能喝完的高杯鸡尾酒甚至卖到8美元50美分一杯。餐馆和售酒的小店也陆续开了，但仍然没有广告牌、桌球室和驾车就能便捷买到东西的地方。去年他们还试着要在公园里放一台投币式天文望远镜。你当时真应该到现场听听那些委员会代表们的嘶吼声。他们后来直接把那玩意儿给毁了，从此这里的小鸟们就少了一个可以栖身的避难所。我们这里还开了像比弗利山庄那种高档的商铺。而帕特里丝亚小姐终其一生都竭尽所能为城市做贡献。海尔维格先生五年前去世了。医生说如果他不再节制喝酒的话就活不过一年。他怒不可遏，将一屋子的医生护士都咒骂出去，说如果他不能在想喝酒的时候就喝的话他宁愿不喝，并扬言自己再沾一滴酒就立刻不得好死。但他最后还是失言了，接着一年内便去世。”

“医生们对此类事情总是会想尽办法推脱——他们一向如此——我猜海尔维格小姐也会想办法推诿。不管怎样，他们把医院里那批医护人员一下子轰了出去，于是他们便离开了埃斯梅拉达。这倒没什么要紧的，医院里还有整整六十个医生呢。小城里可都是姓海尔维格的人，有的改了名字，但终究都是一家子。一些相当富有，一些则勤恳工作。海尔维格小姐是其中工作最勤勉的人，她今年已经八十六岁高龄，但仍然犟得像头牛似的。既不抽烟喝酒，也不化妆。在她的努力下，小城建起了医院、私人学校、图书馆、艺术中心、公共网球场，天知道还有什么其他东西。她每天开着自己那辆已经有三十年历史的劳斯莱斯老爷车，噪声大到像块瑞士手表一样嘀嗒作响。市长和海尔维格一家都住在山脚下，相距只有几步路的距离。我猜市中心也是她建起来的，然后象征性地收取一美元卖给了这座城市。她是个了不起的女人。当然我们这里也有犹太人，让我告诉你听吧，犹太人总是想要趁你不备时给你下套好骗你做亏钱的买卖，甚至偷你的钱。哈，我前面说的全是吓唬你的胡话。其实犹太人喜爱交易，他们热衷于做生意，只是表面看起来很难相处罢了。实际上做生意的犹太人是很好打交道的。他们是一群正直的人。如果你真要找的话，这个城市里可有大把那种吃人不吐骨头的冷血家伙。他们会想尽办法榨干你的最后一分钱，还令你看上去像钱是从他们那偷来似的。”

21

警察局坐落在海尔维格街和欧克特街的转角处，是街上一幢长形现代化建筑中的一部分。我将车停泊好后走了进去，一路上还在思索这个故事到底要如何说是好，毕竟现在是不得不说了。

办公间狭小但十分整洁，当值的警察穿着印有两道明显折痕的衬衣，一身制服看起来像十分钟前才熨过似的。墙上挂着六架扩音喇叭，用来播放警察和他们的长官在全国各郡县的报告。桌面斜斜放着一个木制名片板，上面写着现在当值的是格里戴尔警官。他用与平时那些当值警官并无两样的眼神看着我，想在等待我先开口说话。

“有什么能为你效劳的吗，先生？”他的声音冷峻而迷人，看上去一副自律正直的模样。

“我来报告一宗死亡案件。我在波顿巷格兰街五金店后一间小屋舍的洗手间里发现了一名上吊的男子。经证实已经死亡，没有任何抢救机会。”

“请问你的名字？”他已经开始按下按钮。

“菲利普 · 马洛。我是一名洛杉矶私家侦探。”

“你有记下那里的门牌号吗？”

“我没有留意。但它就在埃斯梅拉达五金店的正后方。”

“紧急呼叫救护车，”他对着麦克风说道，“埃斯梅拉达五金店后的屋子里疑似出现一宗自杀案。一名男子在屋后的洗手间里上吊自尽。”

他抬头望望我，“你知道他的名字吗？”

我摇摇头，“但我知道他是卡萨旅馆停车场里的守夜人。”

他摇晃着手中一本厚厚的本子，“我知道他。他之前有抽大麻的犯罪记录。天知道他是怎么保住工作的，大概已经戒掉了吧，像他这种劳动力在这里还是供不应求的。”

一位神情坚毅的高个队长走进办公室，迅速扫了我一眼，然后又走了出去。门外传来汽车发动的声音。

值班警察将钥匙跟手中的电话交换机一起举起。“队长，我是正在值班的格里戴尔警官。一名叫菲利普 · 马洛的先生前来报案说在波顿巷里发现一宗死亡案件。已经呼叫救护车，格林长官也正在前往案发现场。附近区域有两辆可供调用的警车。”

“他听了一会儿交换机那边的讲话，然后看着我。阿勒桑德罗队长想跟你交谈，马洛先生。请到大厅右手边最后一道门的房间里。”

我还没穿过旋门，他又继续对着麦克风讲话。

右手边的最后一扇门上有两个名字。一块写着阿勒桑德罗队长名字的名片板牢牢跟木门钉在一起，格林长官的名字则放在一个可移动的镶板上。门半掩着，我敲了敲门，走了进去。

坐在桌子一端的男子看起来跟刚才的办公室警官一样不苟言笑。他正拿着一个放大镜专注地研究一张卡片，旁边的录音机里一个低哑忧郁的嗓音在讲述着恐怖故事。警长大约六英尺三英寸高，有着一头浓密乌黑的头发和富有光泽的光滑皮肤。他将警帽放在身旁的桌子上，关上录音机的同时将手中的放大镜搁下，抬头目不转睛地看着我。

“马洛先生，请坐。”

我找了个位置坐下。他静静地看了我好一会儿，一言不发。他有着一双温柔的棕色眼睛，但嘴唇看起来略微生硬。

“我了解到你在卡萨旅馆认识了贾瓦尼少校。”

“是的，先生。我在那里见过他，但我们算不上是很亲密的朋友。”

他微微一笑，“这我可以想象。他可不爱在旅馆里被一名私家侦探盘问问题。他过去是反情报小组的少校，我们现在还这么称呼他。这座城市真是我见过最友善的城市，我们是这里最空闲的部门了。不过我们仍然是警察。我们来谈谈这个叫塞菲利诺·张的事？”

“原来他叫这个名字，我现在才知道。”

“是的，我们认识他。我可以冒昧问你一句你为什么来埃斯梅拉达吗？”

“我受洛杉矶一位叫克莱德·乌穆内的律师委托，到火车站跟踪某人，找出她落脚的地点。我没有被告知具体原因，但乌穆内先生声称他自己也是受一家华盛顿公司委托，并不了解缘由。我接受了他的委托，反正跟踪某人又不是什么违法的事情，只要不打扰到那个人就好了。我跟踪的那个人来到了埃斯梅拉达。接着我回到洛杉矶想要找出事情的始末，但压根没有头绪。于是我收取了自认为合理的一笔费用——250 美元，好抵销自己的花费。但乌穆内先生不是很满意我的所作所为。”

警长点点头，“可是这并不能解释你为什么会出现在这里，并且为何去找塞菲利诺·张。还有既然你现在已经不再受雇于乌穆内先生了，除非你受到其他律师的委托，否则你没有任何特权。”

“麻烦您停停，听我说两句，警长。我跟踪那人后发现她被勒索了，或者说有人企图要勒索她。是一名住在卡萨旅馆叫拉里·米歇尔的男子。我一直想要找到他，但对于他的行踪我目前所掌握的只有贾瓦尼先生和这个叫塞菲利诺·张的人所提供的信息。贾瓦尼说他早付清账单退了房，还预付了一周的房费。张则告诉我他带着九大件行李于今早清晨七点钟离开了。张的一些行为举止令我觉得有些怪异，所以我去找他，想再跟他详聊一番。”

“你是如何得知他的住址的？”

“他自己亲口告诉我的。他是个愤世嫉俗的人。他说他住在有钱人的土地上，但是似乎对此很不满。”

“远不止这些吧，马洛先生。”

“好吧，但不能怪我一个人。他当时抽了大麻，正被药物控制着。我假装是名毒贩子跟他套近乎。干我们这行的总是要随机应变。”

“现在诚实多了，但你还是隐瞒了些事。你的委托人是谁——如果你知道她名字的话。”

“这个可以保密吗？”

“这要视情况而定。像是发生勒索事件时，除非闹上法庭，否则我们从来不会公布受害者的名字。但假如这个人已经被证实是罪犯或是成为犯罪嫌疑人，抑或试图戴罪逃跑越过州界的话，那我们作为警察就有职责找出她的行踪和使用的姓名。”

“她？所以你早就知道事情的来龙去脉了是吧。为什么还要多此一举来问我呢？我对她逃跑的原因一无所知，她不肯对我坦白。我只知道她惹了些麻烦，整天担惊受怕。还有，米歇尔手里捏着她的一些把柄，威胁她对他唯命是从。”

说着他娴熟地从抽屉里摸出一根烟。将烟叼在嘴里，但迟迟没有点燃。

他对我露出一个坚定的表情。

“好吧，马洛先生。我们先不提这件事。但如果你发现了什么新的线索，随时欢迎到这儿来。”

我站起身。他也跟着站起，伸出了手。

“我们并不是有意为难你，只是例行公事罢了。希望你跟贾瓦尼之间不要针锋相对。他工作的那间旅馆主人可为附近区域做出过很多贡献。”

“十分感谢，警长。我会尽量待人友善的——即使对方是贾瓦尼。”

我沿着走廊回到大堂。坐在桌子前值班的还是刚才那名警察。他对我点头示意，我匆匆走出屋外，迅速融入夜色中。警察用这么宽容的态度对待我，我不大习惯。我正双手牢牢地握住方向盘在车里静坐着，值班的警察突然将头猛伸到门外，对我说阿勒桑德罗队长想再见我一面。

我再次回到阿勒桑德罗队长办公室的时候，他正在讲电话。他对我点点头，示意我坐到对面的椅子上。然后一边听电话里的人讲话，一边用一种播报员常用的简洁字迹快速地做笔记。过了一会儿，他终于说道：“非常感谢你的帮助，我们保持联系。”

他将身子靠在椅背上，手指轻叩桌面，蹙起眉头。

“刚才艾斯康地多市的派出所分所发来报告，说找到了米歇尔的车子——车子是被遗弃的。我想你应该会对这件事感兴趣。”

“谢谢您，警长。那里是哪儿？”

“一个离这里大约 20 英里的地方，在一条通往 395 高速公路的乡村小道上，但其实人们去 395 高速公路的话并不常走那条路。那里叫罗斯·喷纳斯奎多斯峡谷，我知道那个地方，里面到处都是裸露的地表、荒地和干涸的河床。今早一个叫盖茨的牧场农夫开着辆小皮卡，进去里面想找一些合适的鹅卵石，好带回家砌墙。途中他经过一辆停放在路边的双色硬顶别克小轿车。他声称一开始并没有过多留意，只是发现这辆车子还没有报废，猜想应该是别人故意停放在那。之后大约过了四天的时间，盖茨再次到峡谷里装载石块，发现别克小轿车依然停在那里。这一次他停下车子，下车认真查看了一番。车门没有锁上，但车内也没有发现车钥匙，并且车身没有任何损坏。像大多数人会做的那样，盖茨将车牌号、牌子和停放地点记在驾驶证上，回到农场后他立刻致电给艾斯康地多派出所报告了这一情况。当地的警员当然知道罗斯·喷纳斯奎多斯峡谷这个地方，立即派了一名警员前往查看。车里空无一物，设法打开后车厢后发现里面只有一个备用轮胎和一些常用工具。于是他只好回到艾斯康地多，给我们这里打电话。我刚才在他那里了解到的就这些。”

我点燃手中的香烟，同时向阿勒桑德罗队长递去一根。他摇摇头拒绝了。

“马洛先生，你听完后有什么想法吗？”

“我想不会比你多。”

“说出来听听吧。”

“米歇尔真要想人间蒸发的话，他至少要找一个同伴协助他，载他离开那儿——我们现在对这名同伴是谁没有任何头绪——可是他完全可以事先把自己的车停到某个车库里，这样就可以避免引起别人的怀疑。车库里停着一辆车没什么好值得让人起疑心的，车库本来就是用来停车的地方。而且米歇尔的行李也要放到他那个朋友的车上。”

“然后呢？”

“然而没有任何证据表明他这个朋友的存在。所以米歇尔就这么凭空消失了——带着他那九大件行李——在一条人迹罕至的小路上。”

“继续说下去。”他的声音变得冷酷，还带有一丝命令的语气。我站起身。

“不要想命令我，阿勒桑德罗队长。我可没做错什么事。到目前为止你都算是个友善的人，但不要产生我和米歇尔的失踪有什么瓜葛的错误想法。我跟这事压根儿没有干系——我甚至还没弄清他手中掌握了我的委托人什么把柄。我只知道那个女人总是孑然一身、担惊受怕又闷闷不乐。等我找出事情的原委，如果我有那本事的话，我会告诉你的。如果我没有做到的话，到时你再拿本子扔我吧，我毫无怨言。这种事情也不是第一次发生在我身上了。我不是那种会轻易出卖别人的人——而且你们都是好警察。”

“我希望事情不至于发展到那种地步，马洛先生，我真心希望。”

“我也是这么希望的，队长。谢谢你今晚热情的款待。”

我穿过走廊，对依旧坐在桌前的值班警官点点头，打了个招呼。再次坐回车上时，我觉得自己一下子老了 20 岁。

我知道——我十分确定阿勒桑德罗队长心里也清楚得很——米歇尔已经一命呜呼了。车子不是他自己开过去罗斯·喷纳斯奎多斯峡谷的，而是有人将他载过去，然后在车子后座的地板上了结了他的生命。

再也没有其他可能性足以解释这一切了。无论是从统计数据、媒体报道、播音机，抑或其他证据来看，这都是事实。这些事情之所以成为事实，是因为它们本身就是事实，否则就没有任何意义可言。

22

仿佛黑夜中突然传来一声尖叫，然而环顾周围，这里依旧静谧如初。这种事情总是在漆黑的夜晚发生，因为夜晚的时刻总是显得那么诡秘危险。但这种事情有时也会在大白天突然降临在我身上——在某个奇妙澄明的瞬间，像是脑中迸现出一道灵光，我会突然想明白一些原本百思不得其解的事情。那些事情原本也许得花费多年的时间和精力，但对目前这个案子来说，这种突现的灵光显然就是斗牛士们常说的“闪现真相的瞬间”，使事情开始水落石出。

没有任何原因，在毫无缘由的情况下我将车子停在了蓝秋·德斯堪萨多旅馆入口的对面。关掉车灯与点火装置后，我任它朝山下滑行了大约 50 码的距离，然后紧紧拉上了手刹。

我步行至旅馆值班室。值班室晚间响铃上闪烁着微光，但大门紧闭，而此时时间才刚到 10 点 30 分。我闲逛到值班室后面，在树丛间穿梭徘徊。途中我看到了两辆车：一辆是从赫兹租车行里租来的车，要想知道车子的主人是谁简直跟去算投币式停车计时收费器里有多少硬币一样难。但弯下身子我可以清楚地看到车身上的车牌号。停在车子旁边的是哥布尔那辆黑色小破车，不久前还看到它停放在卡萨旅馆里，现在倒出现在这了。

我继续在树丛间穿梭，不知不觉走到了自己的房间楼下。抬头望去，房间里伸手不见五指，寂静无声。我缓步登上门前那几步台阶，将耳朵贴在门上听屋里的声响。好一会儿，屋里都听不到一丝动静。接着传来一阵压抑的啜泣声——一个男人在啜泣。然后一个人发出微弱低沉、令人毛骨悚然的咯咯大笑，一阵重物撞击的声响后，一切重归寂静。

我连忙走下楼梯，快速穿过树丛回到车旁，打开车子后备厢，将放在里面的千斤顶拿了出来握在手上。接着我再次小心翼翼、悄无声息地回到房间门口，贴近耳朵听里面的动静。屋里一片寂静，毫无声息，似乎与往常静谧的夜晚并无不同。我掏出一只小巧的手电筒，先用它照了照窗户，然后将灯光从门前扫过。好几分钟过去了，还是一点动静也没有。接着门慢慢地打开了一条缝隙。

我用肩膀猛地将门撞开。一个男子在门后一个踉跄，向后退了一步然后大笑起来。借着微弱的光线，我看到他手中枪支发出的寒光。我以迅雷不及掩耳之势举起千斤顶朝他手腕砸去，他发出一阵凄厉的尖叫。我又将千斤顶挥向他另一只手，然后听到了枪支落地的声音。

我抽身向后，打开电灯，顺带一脚将门踢上。

灯光下站立着一个脸色苍白、双眼无神的红发男子。他的面容因痛苦而绞在一起，但眼神依然涣散。虽然正忍受着巨大的疼痛，他看起来仍相当强硬。

“你命不久矣了，小子。”他生气地说。

“你是根本活不久了，别挡着我的路。”

他努力想大笑出声。

“趁着腿还在身上，”我说。“弯腿屈膝躺下——脸朝下——如果你不想脸被砸烂的话。”

他试着向我吐口水，但喉咙不幸被噎住。接着他整个人瘫倒在地，跪了下来，双手撑开，开始痛苦地呻吟。然后突然就崩溃了。这种人手里握着家伙的时候总是目中无人，横行霸道得很，一没了手中的家伙就整个人都蔫了。

哥布尔脸上满是大面积的青紫色瘀伤，鼻梁也被打断了，整个人像被半勒着脖子一样有一搭没一搭地呼吸着，躺在床上不省人事。

红发男子仍然昏迷着，身旁地板上躺着他的枪支。我把他身上的皮带抽出来，将他的双脚在脚踝处牢牢系紧。接着我把他翻了个身，把他身上的口袋搜了个底朝天。他的口袋里有一个装着 670 美元的钱包、一张上头名字是理查德·哈维斯特的驾驶证，还有张写着圣地亚哥某小旅馆地址的卡片。皮夹里有大约 20 家银行出具的面额支票，一堆信用卡，但没有发现枪支许可证。

我任由他独自躺在地板上，下楼到值班室去。我按下值班室前的夜间响铃，暂时没有回应。按了好一阵，一个人才从黑暗中走了出来。是杰克，身上穿着睡衣，我则握着千斤顶。

他看上去一脸惶然，“有什么要紧事吗，马洛先生。”

“噢，倒也没什么要紧事。只是我的房间里出现了一个暴徒想置我于死地，床上则躺着一个人被打得半死。没什么要紧的，对这附近来说大概也不是什么稀罕事。”

“我去报警。”

“那真是太感谢你了，杰克。谢天谢地，我还活着。你知道你该做什么吗？把这该死的地方变成宠物医院。”

他将门打开，回到值班室里。确认他打了电话给警察后，我回到自己的房间。那个红发男子真够胆大的，他已经将身子挪到墙边，设法倚墙坐着。但眼睛依旧无神，嘴巴扭成一个龇嘴笑的恐怖弧度。

我走到床边，哥布尔睁开了眼。

“我干不过他，”他轻语道，“我还以为自己能一下子放倒他。我再也没脸见人了。”

“警察正在过来的路上。发生什么事了？”

“我跟往常一样进门。没什么好抱怨的，这家伙就是个职业杀手。我算走运的了，还活着。他胁迫我开车到这里，叫我不要紧张，接着不由分说就将我绑得像个粽子扔在这里，然后离开了一会儿。”

“他一定有接应的同伙，哥布尔。你的车子旁边停靠着另一部租来的车子。如果他的车子还在卡萨旅馆的话，他又是怎么回到这里来的呢？”

哥布尔将头缓缓转过来看我，“我以为自己是个聪明人呢，这我倒没想到。我一心只想回堪萨斯城去。小人物是斗不过大家伙的——从来如此。我想是你救了我的命。”

我们交谈时警察赶到了这里。

首先抵达的是两个巡逻车警官。两位冷峻严肃的家伙，一身笔挺熨帖的制服，一如既往地面无表情。接着一位身材高大，自称叫霍兹蒙德的警官也到达这里，是正当值的巡逻警官。他瞧了瞧红发男子，走到床边。

“叫救护车。”他转头简明扼要地说道。

一名警察听从指令快速离去。警官俯身对哥布尔说：“能将事情经过告诉我吗？”

“都是那个红发男人干的。他在卡萨旅馆抢走了我的钱，用枪抵着我逼我开车到这里，然后揍了我一顿。”

“他为什么要这样做？”

哥布尔叹息一声，一头歪倒在枕头上，再次晕了过去，抑或是假装晕倒。警官直起身子，转向我道：“那你呢？”

“我没什么好说的，警官先生。躺在床上的那个男子曾与我共进了晚餐。我们见过几次面，他自称是堪萨斯城的一名私家侦探。我压根不知道他逗留在这里做什么。”

“这位呢？”警官慢慢朝红发男子走去。他还在墙边待着，嘴边露出一种类似癫痫发作的狞笑。

“我之前从未见过他。除了刚才他举着枪在房间里等我，我对他一无所知。”

“那个千斤顶是你的吗？”

“是的，警官先生。”

另外一名警察回到房里，朝警官点点头。“救护车已经在路上了。”

“也就是说你进房间时手里握着一个千斤顶，”警官冷然道，“为什么？”

“因为我预感到有人在房间里等着我。”

“也有可能你根本不是有预感，而是早就知道，并且还知道很多其他的事情。”

“在你还没弄清事情原委之前你能不能别把我当骗子看。能不能别因为你衣服上别着三枚军衔勋章就一副趾高气扬瞧不起人的样子？还有，这个家伙或许是个恶棍，但他的双手都废了。你知道那意味着什么吗，警官先生？那意味着他今后的日子连一把枪都握不住了！”

“所以说我们应该把你登记下来，好控告你蓄意杀人咯？”

“随你的便，警官先生。”

说话间救护车赶到了这里。他们先将哥布尔抬走，然后一个实习医生暂时用夹板固定住了红发男子的两只手腕，松开了他脚踝上的皮带。他望着我，发出一阵诡秘的笑声。

“下一次再见到你，小兄弟，我会想出一些前所未有的方法对付你——不过你这次干得不错，确实干得挺漂亮的。”

他被带了出去。医护人员将车门用力关上，救护车伴着轰隆声逐渐驶远了。警官将警帽脱下坐着，用手大力擦拭他的前额。

“我们再试一次，”他一副大公无私的样子，“从头开始。就好像我们之前没有闹过任何不愉快一样，一起努力去相互理解对方，好吗？”

“没问题，警官先生。谢谢你给我这个机会。”

23

最终我回到了警察局，阿勒桑德罗队长已经离开了。轮到霍兹蒙德警长给我录口供。

“千斤顶，哈？”他一脸被逗乐的表情，“先生，你真是够胆大的。在你朝他挥动那个东西的时候他完全可以让你吃四次子弹吧。”

“我不这么认为，警官先生。我当时可是使狠劲推门撞了他一把。况且我挥千斤顶时又不用抡一圈。还有，他也完全没有必要向我开枪呀。他又不想杀了我给自己惹麻烦。”

接着再谈了会儿话，他们就让我离开了。天色已晚，这种时间除了赶紧上床蒙头睡觉外干什么都不合适，更不适合跟人聊天。但我依然走去电信公司办公室，给自己找了个整洁干净的电话亭，关上门在里面拨打了卡萨旅馆的电话。

“请帮我接通梅菲尔德小姐。全名叫贝蒂·梅菲尔德，住在1224号房。”

“我们不能这么晚打扰住户。”

“为什么？你的手也断了吗？”我今晚整个人都很烦躁，“你认为如果不是急事的话我会在这个时间打电话过来吗？”

他帮我接通了电话。电话一端传来梅菲尔德小姐慵懒的声音。

“我是马洛。有大麻烦了，是我过去你那里还是你过来我住的地方？”

“什么？有什么麻烦了？”

“电话里说不清，你这次能不能乖乖听我的。我去哪里接你？停车场？”

“给我点时间，我换套衣服就出门。”

我立马动身，将车朝卡萨旅馆开去。当她迅捷无声地滑上车时，我已经开始抽第三根烟，同时真心希望能在手中变出一瓶酒来。

“我对这些事情一无所知。”她一上车就开始说道，但我打断了她。

“你是唯一知道的人了。今晚你必须把所有事情给我从实招来。不要再一副愤愤不平的样子，我不吃这一套！”

我猛地发动引擎，车子迅速穿过寂静的街道，朝山下驶去。到达蓝秋·德斯堪萨多旅馆后，我将车子停泊在树丛下。她一言不发下了车，我开了门，将屋里的灯打开。

“要喝点酒吗？”

“好的，谢谢。”

“你有吃药吗？”

“安眠药吗？今晚没有吃。我跟克拉克出去了，喝了许多香槟。每次喝完香槟我都很容易入睡。”

我倒了两杯酒，递给她一杯。然后坐下，将头向后靠在沙发上。

“请别见怪，”我说，“我有点累了。每过两三天我就要好好坐下歇歇才能缓过劲来，我一直想克服这个弱点，但我现在毕竟上了一定年纪，不比年轻时候了。很遗憾告诉你，米歇尔死了。”

她一口气差点没缓过来，双手开始战栗。脸色也极可能变得惨白，不过我没仔细看。

“死了？”她喃喃自语，“已经死了？”

“噢，你冷静点。正如林肯所说，你也许能愚弄所有侦探一段时间，或者永远愚弄某些侦探，但你不可能——”

“闭嘴！你给我闭嘴！你以为你是谁？”

“只是一个尽力想帮助你的人罢了。一个经验老到，知道你深陷麻烦想要帮助你走出困境的人。而且还不求回报。”

“米歇尔死了，”她用低沉无力的声音说道，“我不是故意对你恶语相向。他在哪里死的？”

“他的车子被发现遗弃在一个你不可能知道的地方。离这里大约20英里的内陆地区，停在一条人迹罕至的小路上。一个叫罗斯·喷纳斯奎多斯峡谷的地方，是个人烟稀少的荒凉之地。车里没有任何东西，行李全都不见了。被发现时只剩一辆遗弃后的空车，孤零零地停在那条人烟稀少的小路上。”

她低头望着手中的酒，一番思索后仰起脖子喝了一大口。“你刚才说他早就死了？”

“没料错的话已经死了好几周时间，令人纳闷的是几个小时以前你才刚过来这里许诺给我里约的顶楼公寓，好让我帮忙料理他的尸体。”

“但这里不是——我是指，天啊，我一定是在做梦——”

“小姐，你可是凌晨三点钟一副惊慌失措的样子到这里来找我。然后信誓旦旦地跟我说他的尸体出现在你的房间里，就躺在你房间阳台的小长椅上。所以我才会跟你一起过去，还用上了我们这个职业的看家本领，奋不顾身地为你爬了段消防梯。结果半点米歇尔的影子都没看到。你倒好，吃了安眠药后，竟然在自己那张漂亮小床上舒舒服服地睡着了。”

“随你怎么说，”她斜睨了我一眼，“我知道你内心其实欢喜得很。你为什么当时不搂着我睡呢？那样的话我也许就不需要吃安眠药了——对吧？”

“那让我们来一件件事慢慢分析吧，如果你不介意的话。首先，你到这里来找我的时候说的是事实。米歇尔的尸体确实就躺在你的阳台上。但有人趁你来找我寻求帮助的那段时间里将尸体移走了。那个人将尸体搬到米歇尔自己的车里，还到他的房间将行李收拾好打包带走。做这些事情需要花费很多时间。不仅费时间，还很费功夫。没有一个充分的理由的话谁都不会这么干。那到底是谁愿意又费时间又费功夫为你做这些事呢——仅仅为了不让新闻报道在你的阳台发现一具尸体，怕你尴尬？”

“噢，闭嘴！”她将手中的酒一饮而尽，把玻璃杯放到一边，“我现在整个人感觉很疲惫。你介意我在你的床上躺一会儿吗？”

“如果你把衣服脱了的话我很乐意。”

“好好——我脱。你一直煞费苦心就是想要这样，是吗？”

“你大概不会喜欢在那张床上躺。哥布尔今晚被狠狠揍了一顿扔在上面了——是一个叫理查德·哈维斯特的受雇职业杀手干的。那家伙真够凶残的。你还记得哥布尔吗？就是那个那天晚上开着辆黑色小车跟踪我们到山上去的胖子。”

“我不认识叫哥布尔的家伙，也没听说过理查德·哈维斯特这个人。你是怎么认识这些人的？他们为什么会出现在这里——这可是你的房间。”

“那个职业杀手在这里等着我。我在警局听说了关于米歇尔车的事情后心里突然产生了一种预感。无论是普通人还是伟人有时都会平白无故地产生预感，为什么我就不会？要诀在于要发生在关键的时刻罢了。我今晚——或者说是昨晚，真是幸运至极。突然就来了种心灵感应，他虽然手里握着枪，我也不逊色，拿着个千斤顶。”

“你真是个铁铮铮的汉子，”她带着一丝苦涩说道，“我不嫌弃那张床。现在可以脱衣服了吗？”

我走到她跟前，一把将她举起，大力摇晃起来。“你不要再做这些无谓的事了，贝蒂。就算我想跟你上床，也不会挑你是我委托人的这个时候。我想知道你到底在害怕些什么？不把事情弄清楚的话我怎么帮你？只有你能把事情的原委告诉我。”

她开始抱着我啜泣。

女人天生没有多少可供防卫的武器，但她们总是能运用自身所拥有的创造奇迹。

我将她紧紧抱住，“贝蒂，你想哭的话就哭吧，哭个痛快。我会陪伴在你身边。如果我不是——老天——如果我不是那么——”

我说到这再也说不下去了。她浑身颤抖着抱住我。然后抓住我的头仰起脸，直到我低头吻她。

“除了我你还有过别的女人吗？”她在我的唇齿间温柔地问道。

“曾经有。”

“会让你无法忘怀吗？”

“曾经有一个，我们相处过一段短暂的时间。但都是陈年往事了。”

“那和我在一起吧。我是你的了——我的身心都属于你。我们在一起吧。”

24

一阵粗暴的敲门声吵醒了我，我努力睁开疲倦的双眼。贝蒂正紧紧地抱着我沉睡，我几乎动不了身。我轻柔地移开她的手臂，好让自己顺利抽身出来。她还沉浸在香甜的梦乡中。

我翻身下床，拉过一件浴袍围上后走到门边。但没有马上开门。

“请问找我有什么急事吗？为什么一大早过来扰人清梦。”

“阿勒桑德罗队长想见你，请你现在马上开门跟我去警局一趟。”

“真是抱歉了，这事可急不了。我还没刮胡子、冲个澡，好好洗漱一番呢。”

“请你开门，我是格林警长。”

“实在抱歉，警长先生。我不能开门给你。但我会尽快把事情办妥过去警局的。”

“你在屋里藏了女人是吗？”

“警长先生，你问的问题太出格了。别担心，我保证我会过去警局一趟的。”

我听到了他走下门廊离去的脚步声。还有某人放肆的笑声。一个声音说道："这家伙真够豪气的，不知道他有空时都怎么消遣时间。"

我听到警车逐渐驶远，便回到房间，在浴室刮了胡子，还洗漱打扮一番。贝蒂仍旧睡得香甜。我抓过一张纸条，在上面写道："警察让我去警局一趟，你醒来见不到我不要胡思乱想。我把车钥匙放在这里，希望你能顺利找到车子。"然后放在了我的枕头上。

我静悄悄地出门，顺手把门带上锁好。很轻易就找到了赫兹停放在附近的车子。车钥匙一定就插在车上，像赫兹这样的职业杀手才不会在意要不要把车钥匙拔下来。他们会随身携带成套的各种钥匙，什么车都能开走。

阿勒桑德罗队长看起来跟昨天并无两样，每次见他都是老样子。只是这次他的身旁多了一个不苟言笑、一双眼睛狡猾地转个不停的小老头。

阿勒桑德罗队长对我点点头，示意我在对面的椅子上坐下。一个穿着制服的警察端着咖啡走了进来，将手中的咖啡放到我面前，出去时还一脸狡黠地朝我咧嘴笑。

"马洛先生你好，这是来自北卡罗来纳州西菲尔德的亨利·坎博兰先生。我不知道他是怎么找到这里来的，但他到这里来报案贝蒂·梅菲尔德小姐谋杀了他的儿子。"

我沉默不语，确实也没什么好说的。我只好低头认真地啜饮着手中那杯滚烫的咖啡，味道还不错。

"想要说点什么吗，坎博兰先生？"

"他是谁？"他的声音跟脸上的表情一样尖酸刺人。

"一个叫菲利普·马洛的私家侦探。受雇从洛杉矶一路跟踪某人到这里。他到这里来是因为贝蒂·梅菲尔德小姐是他的委托人。但似乎比起他，你对梅菲尔德小姐有更深的了解。”

“我对梅菲尔德小姐谈不上了解，队长，”我说，“我只是乐于偶尔跟她亲热一番，好得到慰藉。”

“你竟然在一个杀人凶手身上寻求慰藉！”坎博兰先生怒气冲冲地朝我吼道。

“我可不知道她是名杀人凶手，坎博兰先生。这对我来说真是条爆炸性新闻。你介意详细说明一下吗？”

“那名你们称为贝蒂·梅菲尔德的女子——实际上这是她未婚嫁之前的本名——是我的儿子，李·坎博兰的妻子。我从来没有同意过这门亲事。这门婚姻是战争时期一项典型的愚蠢产物。我儿子的脖子在战争中受过伤，平常必须要戴着护具来保护脊椎。一天晚上，她把护具从他脖子上取下来，还不断说一些奚落他的话，害他不顾死活向她扑过去。真是家门不幸，自从他酗酒成性之后，这样的争吵就变成家常便饭了。他一个重心不稳，不小心失足摔下了床。我听到声响赶到房间时看到她正在努力想把护具套回他脖子上，但已经于事无补了，他早就一命呜呼了。”

我望向阿勒桑德罗队长，“这些都记录在案了吗？”

他点点头，“字字在案。”

“很好，坎博兰先生。请继续，我相信你说的都是实话。”

“当然都是真的。我在西菲尔德可是响当当的人物。那里的人都是我的朋友，我还拥有那里的银行、主流报刊和绝大多数产业。接着我的儿媳妇就被逮捕起来控告谋杀，陪审团一致通过审判判定有罪。”

“我猜陪审团都是西菲尔德的人吧，坎博兰先生？”

“当然是，有什么问题吗？”

“我也说不出有什么问题，先生。但听起来那座城市都在您的掌控之下。”

“不要在我面前放肆，年轻人。”

“抱歉，先生。您还有话要讲吗？”

“我们北卡罗来纳州有一条特殊的法规，虽然我更愿相信其他地方的审判权。一般情况下被告人律师会为己方先进行一番辩护以求直接判定无罪，接着再由法官予以反驳。我们所在的州法官则有权在陪审团通过判决前直接推翻审判。那个法官上了年纪，脑袋发昏了，竟然直接否定陪审团一致通过的有罪判定。他发表了一通长篇大论，质疑陪审团的公正性，说他们没有考虑到我的儿子有可能会在喝醉后自己扯下脖子上的护具来恐吓他的妻子。一个人在感到极度痛苦的情况下，往往会做出许多不可思议的举动。他说这宗案子有太多值得推敲的地方，很容易令人含冤，陪审团也缺乏全面的考虑。我的儿媳妇极有可能正如她自己所说——当时极力想把护具套回我儿子脖上，好挽救他的生命。他否定了判决结果，撤销了诉讼。”

“事后我警告她，不要以为事情会就这么过去。她就是谋杀我儿子的凶手，就算她去到天涯海角我都不会放过她。所以我来到了这里。”

我留意了一下队长，他正目光放空一副若有所思的样子。我说道：“坎博兰先生，无论你个人私下人认为李·坎博兰妻子，也就是我所认识的贝蒂·梅菲尔德小姐犯下什么罪过。她已经接受了审判并且无罪释放。你再执迷不悟声称她为杀人凶手的话我们可以控告你诽谤罪，要求一百万美元的赔偿。”

他大笑到上气不接下气，整个人呈现出一幅怪诞惊悚的画面。

“你这个名不见经传的小子，”他几乎尖叫道，“如果在我们那儿，你早就被当成无赖投进监狱了。”

“看来控告的赔偿要升到 140 万美元了，”我说，“你的前儿媳妇比我值钱得多。”

坎博兰先生转身朝向阿勒桑德罗队长道：“这里是怎么回事？”他冲他吼，“你们是一群串通起来的骗子吗？”

“你正在说话的对象可是一名警长，坎博兰先生。”

“我才不管你是什么人，”坎博兰火冒三丈，“现在是骗子的警察多了去了。”

“在你大吼大叫道我们这些警察都是骗子之前——你最好注意一下自己说话的语气。”阿勒桑德罗队长带着一丝嘲弄说道。然后他慢条斯理地点燃一根香烟，深吸一口后将烟雾慢慢吐出，在一片烟雾缭绕中笑了起来。

“放轻松些，坎博兰先生。你可是患有心脏病的，这样子对病情可没什么好处。情绪过于激动会很容易害你犯病的。我曾经学过医，机缘巧合下才当了警察。可以说是战争改变了我的一生吧。”

坎博兰先生怒气冲冲地站起来，忍住想朝队长脸上吐上一口唾沫的冲动，从喉咙深处发出一阵近乎嘶哑的声音，“你们还没有听故事的最后部分呢。”他讥诮道。

阿勒桑德罗队长点点头，“我们警察工作中最有趣的部分就是从来不听到故事的最后。故事总是会出现一个差强人意的结局。你想让我怎么帮你呢？因为你在北卡罗来纳州西菲尔德是一名响当当的大人物，我就要替你将一位审判后宣布无罪的人抓起来？”

“我发过誓我会让她不得安宁，”坎博兰心有不甘，“我会追踪她到天涯海角，在所有人面前揭穿她的真面目。”

“你要揭穿她什么真面目呢，坎博兰先生？”

“一个杀害了我亲爱的儿子，却因为那个老糊涂的法官侥幸逃脱法网的杀人凶手！”

阿勒桑德罗队长站起身，挺立着自己那副整整六英尺三英寸的高大身板义正词严地说：“够了，你这个老混账东西。”他一脸冷峻，“你恶心到我了。我在当警察的职业生涯中遇见过各种各样的流氓无赖。这还是我第一次见到一个拥有举足轻重地位的大人物像十五岁的青少年犯一样愚蠢无知、心怀怨恨。就算像你自己所说的那样，整个北卡罗来纳州西菲尔德都是你的地盘，在我的城市里你连屁都不是。你最好给我自己赶快滚出这里，省得我亲自动手，到时候还要告你妨碍公务。”

坎博兰先生几乎吓得屁滚尿流地滚到门边。虽然门大开着，他还是抓着门把胡乱摸索了一番。阿勒桑德罗队长在他身后看着他离开后，慢慢坐下。

“你刚才真是大快人心，警长先生。”

“我刚才说的可都是真心话，如果我说的话能令他好好自我反省一下——唉，该死的！”

“对这种人来说白费心思。我现在可以离开了吗？”

“好的，谢谢你的协助。另外，哥布尔决定不进行控告了，他今天就会自行回堪萨斯城。我们会尽力收集关于这个叫理查德·哈维斯特的人的资料，但又有什么用呢？我们可以关他一阵子，但外边像他这样的杀手可是一抓一大把。”

“我该怎样对待贝蒂·梅菲尔德小姐呢？”

“我还以为你自己知道该怎样做呢。”他一脸漠然地说道。

“在还没确定米歇尔发生了什么之前，我也不知道该怎么做。”

我跟他一样面无表情。

“我只知道他离开了。那还不至于要通缉他。”

我站起身，跟警长先生互相交换了一下脸上漠然的表情，离开了那里。

25

她还在熟睡，我进门时发出的声响也没能惊动她半分。她睡着的时候就像个小女孩，一脸恬静，安眠无声。我望了她一会儿，便起身点了根香烟到厨房里去。厨房里有一整套管理员提供的铝制咖啡滤壶，只有纸板厚度，美观大方，我将咖啡放到上面，在等待咖啡煮好的间隙，我回到房间坐在床上。我之前离开留下的纸条和车钥匙还在枕头上。

我轻柔地将她晃醒。她睁开双眼，朝我眨巴了一下。

“现在几点钟了？”她问，同时努力伸了个大懒腰。“天，我睡到不省人事了。”

“你该起床好好梳洗一下了。我正在煮咖啡。刚才我被传唤去了警局一趟。你的公公到这里来了，坎博兰女士。”

她身子一个激灵挺直，屏住呼吸望着我。

“他跟阿勒桑德罗队长起了些争执，但没发生什么大事。他再也不能伤害你了，他就是所有恐惧的根源是吗？”

“他有提到——提到在西菲尔德发生的事吗？”

“他就是为那事来这儿的。他已经在警局那里疯言疯语了一早上。不过他说了也没什么要紧的对吧？你没有做过是吗？他说你杀了人。”

“我没有。”她向我投来一个坚定的眼神。

“就算你真做过现在也无关紧要了。可是昨晚发生的事情我有点在意。米歇尔是怎么被卷进这件事里的？”

“他只是阴差阳错在那附近罢了。老天爷，这件事上了当地报纸头条好几周的时间。所以他认出我来简直轻而易举。这里的报纸没有报道过这件事吗？”

“就凭这件事不同寻常的审判过程，他们都该连篇累牍地进行报道。不过就算真登过报纸，我也没看到。咖啡现在应该煮好了，你要加点什么吗？”

“黑咖啡就好，不用加糖。”

“好的，反正家里也没有糖和奶精。你之前为什么说自己叫爱利诺·金呢？不，你不用回答了。我只是脑子一时转不过来。你用本名的话肯定会被那个坎博兰老头发现。”

我起身到厨房里，将滤壶的盖子打开，给我们俩每人倒了一杯咖啡。我把其中一杯咖啡端给她，然后捧着自己那杯在椅子上坐下慢慢品尝起来。我们的目光相遇，空气中顿时弥漫着一股陌生的气息。

她把杯子放到一边，“咖啡很香。我现在要整理一下仪容了，你介意暂时把头转向一边吗？”

“没问题。”我拿起搁在桌面的一本平装书，装模作样地读了起来。这是一本侦探小说，作者所能想到的犯罪场景无非就是一个裸体女子遭受一番蹂躏折磨后，被挂在浴室的莲蓬头上吊死。等贝蒂到洗手间去了之后，我马上把书扔进废纸篓里，因为身边实在看不到任何垃圾桶的踪影。然后我想到了世界上有两种女人你是可以跟她们做爱的。一种是毫不在乎自己的肉体，可以一味奉献而不善言辞的女人；另一种是总对自身持怀疑态度，想要遮掩一些事实的女人。我记得曾经读过一个叫阿纳托尔·弗朗斯写的故事，描述了一个做爱时坚持要把丝袜脱下来的女子。她说穿着丝袜做爱会令她觉得自己像个妓女，她说得没错。

当贝蒂从洗手间里出来时，她整个人看起来容光焕发，仿佛一朵晨曦中初绽的娇艳玫瑰。她画上了精致的妆容，眼睛炯炯有神，每一缕头发都梳得服服帖帖。

“可以麻烦你搭我回旅馆吗？我想和克拉克谈谈。”

“你爱上他了吗？”

“我觉得我爱上的人应该是你。”

“那只是夜晚常有的愁情别绪罢了，”我说道，“我们不要把事情弄得太戏剧化。厨房里还有咖啡呢。”

“谢谢，不用了。还没吃早餐呢。你还没有觉得自己陷入爱河吗？就是陷入一种每时每刻都想要跟一个女人在一起的感觉？”

“我们出发吧。”

“你这个男人是怎么做到刚柔并济的？”她看着我，若有所思道。

“如果没有男子的热血刚性的话，我就活不到现在了。可如果不儒雅绅士，我也不配活着。”

我替她拿着外套，一起朝车子走去。回旅馆的一路上她都沉默不语。我们终于抵达了目的地，我将车子熟门熟路地驶进停车场，然后从口袋里拿出五张折好的旅行支票，塞到她手上。

“希望这是我们最后一次把这些支票推来搡去，”我说，“它们都快要被揉烂了。”

她盯着支票，却不肯拿。“这些是你应得的酬劳。”她用自己的细尖嗓子说道。

“不要再跟我争辩了，贝蒂。你知道我一毛钱都不会拿你的。”

“是因为昨晚的事吗？”

“不因为任何事。我就是不能拿，没什么好争的。我一直没帮到你什么忙。你接下来有什么打算？要去哪里吗？你现在已经安全了。”

“我自己也不清楚。我会好好想想的。”

“你爱上布兰登了吗？”

“大概是。”

“他之前可干过不少坏勾当。是他雇杀手去吓唬哥布尔的，还差点把我也杀了。你确定你会爱上这样的男人吗？”

“只是一个女人对一个男人纯粹的爱恋罢了，无关乎他的所作所为。何况他也许对我没这个意思。”

“再见了，贝蒂。我只能帮你到这里了，我知道我做得还不够。”

她慢慢伸手，将支票抽走。“我觉得你是个疯子，你是我遇到过最疯狂的男人。”她迅速下车，像往常一样，大步流星地走了。

26

等她在旅馆大厅付清账单，上楼去房间后，我也走进大厅，拨打了给克拉克·布兰登先生的内线电话。贾瓦纳经过我身边时，冷酷地盯了我一眼。但什么也没说就走开了。

电话一端传来一个男子的声音，是布兰登本人。

“布兰登先生你好，你对我大概不会有什么印象，但我们有天早上一起搭乘同一架电梯。我的名字叫菲利普·马洛，是一名来自洛杉矶的私家侦探。我是梅菲尔德小姐的朋友。我想和你聊聊天，请问能耽搁你一会儿时间吗？”

“我对你似乎早就有所耳闻，马洛先生。但我现在准备出门去办点事。今晚六点左右一起喝一杯如何？”

“我马上要回洛杉矶了，布兰登先生。我不会耽搁你很久的。”

“那好吧，”他不情愿道，“来我房间吧。”

他出来开门迎接，门后出现的是一个高大威猛、身材健硕的男子，身上的肌肉健美有型，既不会显得太结实，也没有松垮感。他没有要跟我握手的意思，只是朝门边侧了侧身子，我走了进去。

“你独自一人吗，布兰登先生？”

“是的，为什么这样问？”

“我不想让别人听到我们之间的谈话。”

“请坐下，有什么想说的话尽管说吧。”

他在一张椅子上坐下，双脚悠然地放在一张铺着软垫的搁脚矮凳上，晃动着一个纯金打火机，点燃手中的黄金香烟滤嘴。一整套动作做起来有模有样。

“我第一次到这个地方来是听从一名洛杉矶律师的指示，要我跟踪梅菲尔德小姐，找出她所去的地方和下榻的旅馆，并向他汇报。我不清楚个中缘由，就连那名律师也说他不甚了解，只是受另一家在华盛顿特区，大名鼎鼎的律师事务所委托。”

“所以你一路跟踪她到这里。然后呢？”

“然后我见到她跟米歇尔接触，他手里握着她什么把柄的样子。”

“米歇尔总是跟各种女人纠缠不清，”布兰登冷冷道，“他就是擅长此道。”

“但是他再也不能纠缠女人了，对吗？”

他冷若冰霜地盯着我，“你这话什么意思？”

“他再也不能兴风作浪了，他早就没命啦。”

“我听说他开着自己的车子离开了旅馆。这事跟我有什么关系？”

“你为什么不问我怎么知道他死了？”

“听着，马洛先生。”他粗鲁地将烟灰弹到地上，“我压根不在乎你是怎么知道的。说点对我来说有价值的事情，不然你可以马上滚蛋了。”

“我也被牵涉其中了，牵涉这个词大概有点不恰当。事情是这样的，有一位自称来自堪萨斯城叫哥布尔的私家侦探，当然他身份的真假我并没有考证过，他可没少惹恼我，因为无论我去哪里他都像个跟屁虫一样跟着，还不停跟我念叨米歇尔的事。我一开始并不知道他的意图何在，直到有一天，我见到你在柜台里收到了一封匿名信件，你捧着那封信反反复复看了好几遍，还询问柜台职员是谁留下的。柜台职员表示并不清楚，你甚至还从废纸篓里捡回空信封研究了一番。接着你在电梯里上楼的时候一脸不爽的样子。”

布兰登开始变得焦躁不安，他的声音带上了一丝尖厉。

“你真是个麻烦精，侦探先生。你确定要这么多管闲事吗？”

“这个问题你真是问得太傻了。我就是靠‘管闲事’来过活的呀。”

“在还没有缺胳膊少腿之前你最好快点离开这儿。”

我冲他大笑起来，这下他真的是火冒三丈了。他猛地起身，一脚跨到我面前。

“给我听好了，小子。我在这座城市也算是有身份地位的人。我才不会被你这种初出茅庐的愣头青玩得团团转。给我滚！”

“你不想听后面的故事了吗？”

“我说最后一遍，滚！”

我站起身说道：“抱歉打扰了。我本来想跟你私下解决这件事，我完全没有打算像哥布尔那样向你敲竹杠，我不是那样的人。但如果你不肯好好说话，偏要将我扫地出门的话——我只好去找阿勒桑德罗警长了，他会对这件事感兴趣的。”

他沉着脸站立了好一会儿。然后脸上浮现出一抹意味不明的怪异笑容。

“就算他听了你的话，相信你又怎样？我一个电话就可以让他在这里待不下去。”

“噢，我想你这招用在阿勒桑德罗队长身上可行不通。他可没那么容易对付。今天早上他还义正词严地教训了亨利·坎博兰一通。亨利·坎博兰可不是那种可以被人随时随地就拿来教训的家伙。他还扬言要把坎博兰揍个半死。你觉得你有本事治住他这样的狠角色吗？你还不够资格。”

“基督耶稣，”他说道，“我以前也曾经遇到过像你这么难打发的家伙，我在这里活太久了，都快忘了世界上还有你这种人。好吧，我洗耳恭听。”

他走回椅子坐下，从烟盒里又抽出一根黄金香烟滤嘴，点火燃起，“要来一根吗？”

“不用了，谢谢。这个叫理查德·哈维斯特，被抓起来的家伙——我觉得你雇他的时候没考虑周全，作为一名职业杀手他还不够格。”

“完全不够格，马洛先生，就是个二流子，简直让人笑掉大牙。但那恰恰可以让事情变得更难预料，你一度很困惑吧。他本可以不动哥布尔一根汗毛就把他吓个半死，然后将他带到你住的地方——真是个笑话！这家伙业余得可以！看看他现在沦落到什么样的境地了，再也干不了什么好差事。大概只能卖铅笔去了。你要来一杯吗？”

“我到这里来可不是为了跟你讨论杀手专业性的问题，布兰登先生。听我把话说完。在一个晚上的半夜里——就是那个我跟贝蒂·梅菲尔德小姐见面，你把米歇尔赶出‘玻璃屋’的晚上——我啰唆一句，这事你做得很有风度——贝蒂孤身一人到我在蓝秋·德斯堪萨多旅馆入住的房间里向我寻求帮忙。相信那家旅馆也是你名下的产业之一吧。她惊恐地告诉我米歇尔死在她房间阳台的长椅上了。请求我去帮她把尸体处理掉，还给我许下丰厚报酬的承诺。我跟着她来到这里，却没有在阳台发现半点尸体的踪影。第二天早上，停车场值夜人告诉我米歇尔带着九大件行李开车离开了。他付清了旅馆的账单，还提前预付了一周的房费。同一天，他的车子被发现遗弃在一个叫罗斯·喷纳斯奎多斯峡谷的地方。车上没有任何行李，米歇尔本人也凭空消失了。”

布兰登使劲瞪着我，沉默不语。

“为何贝蒂·梅菲尔德小姐一直对自己的事情避而不谈，整日担惊受怕？因为她在北卡罗来纳州西菲尔德曾被控告谋杀罪，幸运的是依据当地法律，拥有赦免特权的法官推翻了审判，她这才逃过一劫。但亨利·坎博兰先生，也就是那个她被控告谋杀了的丈夫的父亲，威胁她会追踪她到天涯海角让她余生不得安宁。如果她的阳台上出现一具尸体，到时候警察们追查起来的话她的事情可就瞒不住了。她又惊又怕，不知所措，认为真上法庭的话自己不可能再像上次那么走运了，毕竟她有过前科。”

布兰登从嘴中轻轻吐出一段话：“他整个人从阳台翻了下去，把脖子摔断了。她自己一个人可不够力气扭断他的脖子。过来这里，我指给你看。”

我们一起走到房间宽敞明亮的阳台里。布兰登带着我走到墙边，我低头往下看，视线正下方恰好落在梅菲尔德小姐房间阳台的长椅上。

“这堵墙太矮了，”我说道，“很容易出事故。”

“我也这么觉得，”布兰登淡淡地附和，“假设他像我这样站着”——他整个人背对紧贴着墙站立，墙的顶端才到他大腿肚的高度。米歇尔个子也很高大——“然后他不停用语言刺激贝蒂走近好一把将她抓住，但是她用力将他推开，所以他就整个人翻了下去，恰好翻下去的时候——祸不单行——他的脖子先着地摔断了。简直跟她之前丈夫一模一样的死法。你能怪她为什么整个人看上去惊慌失措吗？”

“我想我谁都不怪，布兰登先生，甚至是你。”

他走到离墙稍远一些的地方，一声不吭地凝视了海面好一会儿，然后回转身。

“不过有一件事，”我说道，“你为什么要费尽心思将米歇尔的尸体移走？”

“你说说，我怎么可能办得到？”

“你一直是所有事情的幕后黑手。我敢打赌你一定在公寓里藏有一条结实的长绳，你身手那么矫健，翻下去到贝蒂的阳台对你来说简直易如反掌。你完全可以用绳子将米歇尔的手臂绑紧，然后使劲儿将他的尸体从阳台吊到灌木后的地板下去。接着，利用在他口袋找到的钥匙，你就可以轻易地去到他房间，把东西打包好，带到楼下的停车场里去。无论选择乘电梯还是走消防梯，整个过程可能要跑个三趟，但对你这样的人来说还是很容易办到的。最后你就可以伪装成他，开着车子大摇大摆地离开停车场了。停车场的守夜人是个瘾君子也不是什么秘密，万一知道是你他也不敢多说什么。当时一定已经深夜，自然是那个守夜人之前在时间上对我们撒了谎。你可以将车子开到米歇尔的尸体所在之处，把它扔进车里，再把车子开去罗斯·喷纳斯奎多斯峡谷就万事大吉了。”

布兰登勾勾嘴角邪恶地笑了一下，“这么说，我得独自一人开着辆车和一个死人还有他的九大件行李在罗斯·喷纳斯奎多斯峡谷里待着。我要怎么离开那儿？”

“用直升机。”

“谁来开？”

“你自己。警方还没有想到对直升机进行追查，但他们很快就会想到了，因为他们继续查下去，会越来越接近事情真相的。你可以预先安排一辆直升机带你到罗斯·喷纳斯奎多斯峡谷里，然后再叫另外一个人将驾驶员接回来。像你这种有权有势的人有什么事办不到呢，布兰登先生。”

“之后呢？”

“接着你把米歇尔的尸体和他的行李一起放上直升机，将它开到海里，设定它为自动驾驶模式在海面盘旋，这样你就可以轻易地把尸体和行李扔到海里去了。最后你只需神不知鬼不觉地把直升机开回原来停放的地方。一个多么天衣无缝的犯罪。”

布兰登干笑不已——笑声变得嘶哑粗犷，简直像是拼尽全力从喉咙挤出来的。

“你认为我会傻到为一个刚认识的女人做这些事吗？”

“嗯——哼。仔细想想，布兰登先生，你实际上做这些事都是为了自己。你忘记哥布尔了吗？哥布尔来自堪萨斯城，那里不也是你的家乡吗？”

“是又怎样？”

“没什么大不了的，不过整件事就要水落石出了。我知道哥布尔千里迢迢到这里来可不是为了兜风，除非他跟米歇尔是老相识了，不然也不会大老远跑过来找他。我还听他们讲过这里有一个可以挖掘的金矿。如此看来你就是他们口口声声所说的金矿了。但现在米歇尔已经命归黄泉，只剩哥布尔自己一个，无论想做什么都只能是不自量力罢了。你愿意解释一下米歇尔是怎么从你的阳台上翻下去的吗？你可以让警察到你屋子的后院进行调查吗？我想警察会更愿意认为是你亲手把米歇尔推下去的吧？就算他们找不到确凿的证据，我想这样一番闹腾后，你在埃斯梅拉达也会难以自处吧。”

他慢慢踱步到阳台的尽头后返回。然后站在我的跟前，整张脸面无表情。

“我尽可以把你杀掉，马洛先生。但住在这里久了，我也变得心慈手软起来，跟以前判若两人了。这次我输得心服口服，除了把你杀掉之外，我再也想不出更好的法子。米歇尔这种人简直就是社会的渣滓，一天到晚靠敲诈勒索女人为生。你说的那些都是事实，但我一点也不后悔。仔细想想，我内心深处其实可能是想要，真的，很有可能是想要尽力帮助贝蒂·梅菲尔德小姐的。我不奢望得到你的信任，但你不能排除这个可能性。现在，你开个价吧，要多少钱？”

“为什么要钱？”

“收买你不去报警。”

“我一开始就告诉过你我的价钱了。我什么都不要。我只是想知道事情的经过罢了。我说的都是真相吗？”

“都是真的，马洛先生，我简直无法反驳。这样看来，警察还是有可能推断出真相找上我的。”

“也许会吧。从现在开始我会让自己和你划清界限的。像我所说的那样——我要回去洛杉矶，也许可以在那里找到一份工作好勉强糊口，谁知道呢，生活还是得继续的，不是吗？”

“你愿意跟我握握手吗？”

“不要。你雇过杀手，要不是我福大命大有了预感，差点把我也干掉了。我不会跟你这样的人握手言和的。”

“我没有想过他会杀害任何人。”

“不管怎样，你都是始作俑者。再见。”

27

我刚踏出电梯，就看到了贾瓦纳站在电梯门口，似乎已经等了我好一阵子。“一起去酒吧喝一杯吧，”他说道，“我想跟你聊聊。”

我们一起走进了酒吧，这个时候里面没多少客人，相当寂静。我们一起在角落的一张桌子里坐下。贾瓦纳低声说道：“你一直觉得我是个浑蛋，是吗？”

“没有的事，我们只是各司其职。只是我的工作会惹恼你，而你不信任我而已。这不意味着你是个浑蛋。”

“我努力想维护旅馆的声誉，你想维护什么？”

“我自己也不清楚。我要搞清楚了也许反而不知道该怎么做了。我觉得自己像只只会给自己找麻烦的无头苍蝇，四处奔波，还老不知足。”

“我听阿勒桑德罗队长提起过你的事。如果不是什么不可告人的事，能不能告诉我像这种差事你通常收费多少？”

“这次的事情有点不同寻常，上校先生。实际上我一点报酬都没收。”

“那我们支付给你五千美元如何？——替我们尽力维护旅馆的利益。”

“旅馆？我想你指的是克拉克·布兰登先生吧。”

“也可以这么说，反正他是老板。”

“听上去真是诱惑——五千美元。我想我回洛杉矶的路上都会笑不拢嘴的。”说着我起身打算离去。

“马洛先生，我要把支票寄到哪里给你？”

“寄去警察援助基金会吧，他们会很乐意收下的。警察平时可挣不了多少钱，他们有困难时会向基金会请求援助。就这样吧，我想警察援助基金会一定会对你感激不尽。”

“你不肯收？”

“你可是曾经担任过反情报小组的少校一职，一定有不少人争相贿赂讨好你，但你到现在还是在自己的工作上尽职尽责。我想我该走了。”

“听着，马洛先生，你真是愚不可及。我告诉你——”

“你有什么话留着说给自己听吧，贾瓦纳先生。你可以当自己的忠实观众，祝你好运。”

我迈开步子走出酒吧，找到自己的车子，开回德斯堪萨多旅馆将自己的物品收拾好带走，然后到前台去付账。杰克和露希尔像往常一样站在那里，露希尔冲我微微一笑。

杰克说道：“你不用付任何账单，马洛先生。上头特别交代过了。此外我们为昨晚发生的事情向你致以诚挚的歉意。不过现在才说这些有点太晚了，是吗？”

“一共多少钱？”

“不多，大概 12 美元 55 美分。”

我把钱放在柜台上，杰克看到皱起了眉。“我跟你说过你不用付钱，马洛先生。”

“为什么不用付钱？我住过这里的房间。”

“布兰登先生他——”

“有些人就是冥顽不灵，是吗？很高兴认识你们小两口。麻烦给我开一张收据，我报销要用。”

28

回洛杉矶的路上，我努力把车子速度控制在每小时 90 公里以内，但好几次还是一不小心就飙到破百了。车子终于回到家附近那条熟悉的尤卡坦大道，我将自己的那部老爷车开进车库停好，检查了一下邮箱，跟往常一样，是空的。我登上屋前的那排红木阶梯，把门打开进去。屋里一切依旧，整栋房子还是那么幽暗，毫无一丝人气。我将屋里的几扇窗户都打开，紧接着到厨房里给自己倒了一杯酒。回到大厅，我整个人陷到沙发里，望着眼前的墙壁发愣。无论我到哪里去，无论我干了什么，我终究会回到这个称为家的地方。虽然这个地方对我而言就像一面一无所有的空白墙壁，矗立在一栋不带任何感情色彩的房子的房间里。我把喝剩的酒放到桌子一侧，酒精只能一时麻痹神经，但在面对这一切时毫无用处。什么东西在面对现实时都显得那么无能为力，只能在身体里怀揣一颗冰冷坚硬、无所索求的心。

屋里的电话突然铃声大作，我拿起话筒平淡地说道：“我是马洛，有什么事？”

“你就是菲利普·马洛先生吗？”

“正是本人。”

“巴黎那边有人正在找你。马洛先生。请你稍候一会儿，我再打回来。”

我将话筒放下，手不自觉地微微颤抖。大概是刚才开车太快留下的后遗症，或是这几天睡眠不足。

还没过15分钟，电话又打了回来：“巴黎找你的人现在正在线上，先生。如果电话过程中遇到任何问题，请呼叫接线员。”

“我是琳达。琳达·罗玲。你还记得我吗，大侦探。”

“我怎么可能会忘了你？”

“最近过得怎么样了？”

“跟平时没什么两样——快累毙了。刚刚处理完手头上一个非常难搞的案子。你呢？”

“我很想你，觉得很孤单。我一直都努力想要把你忘掉，忘掉我们一起度过的那个美好夜晚，但就是做不到。”

“那已经是一年半以前的事了。我们就在一起待过一晚上的时间，我要怎么接你的话？”

“但我对你是一片真心的，我自己也搞不清楚原因。世界上那么多男人，为什么我偏偏只对你情有独钟。”

“不好意思，琳达，我可没有对你情有独钟。我甚至觉得我们之间不会再有任何交集了。我不知道你希望我是认真的。”

“我没有这么奢望过。我只是想告诉你我爱你。我希望你能娶我。你说过我们结婚的话不可能维持六个月以上，但为什么不肯给我一个机会？不试过怎么会知道呢——也许我们能白头到老呢。我求你了，一个女人要怎样做才能得到她深爱的男人的心？”

“我也不知道。我连你怎么会喜欢我都搞不清楚。我们是不同世界里的人。你从小养尊处优，被呵护娇纵惯了。我只是个还在为生活苦苦挣扎，连未来会怎么样都不能确定的普通男子。你爸爸不会答应这门婚事的，他会觉得我们之间没有未来。”

“你才不是担心我爸爸不同意，你不是担心谁的意见，你就是害怕婚姻这两个字眼。我爸爸看人很准的，你来见见他好吗，求你了。我现在住在巴黎的一家豪华旅馆里。我马上把机票给你寄去。”

我笑了起来。“你要给我寄机票？你把我当什么人了？倒不如我给你寄机票，好让你有时间想清楚了改变心意。”

“亲爱的，我不需要你给我寄机票。我有的是——”

“对对对，你有大把钞票，买个五百张机票也不在话下。但这张机票由我来买。你要么拿着它过来找我，要么你别来了。”

“我会过去的，亲爱的。我保证。见到了我你要给我个拥抱，紧紧地抱着我。我不是要占有你，没有人能占有另一个人，我只是想全身心地爱你。”

“我在这里等你，我一直都在。”

“记得抱我。”

电话嘟了一声，传来一阵忙音，接着断了线。

我端起酒杯，再次环顾房间——不知怎的，这里看起来没有之前那么空荡荡了，房间突然有了生气。我想象着一个瘦高的可爱女人在房间里忙碌的身影，屋子里将回荡着她的声音，她和她的一头黑色秀发会在睡觉时陷在卧室松软的枕头里，从此每天清晨都会抱着一个女人醒来，鼻子中充盈着她淡淡的体香，她柔软的双唇微微半启，一双秋眸似梦非梦与我相望。

电话再次铃声大作，我举起话筒："喂？"

"我是克莱德·乌穆内律师。我到现在为止还没收到任何关于这次案子的报告。我付钱给你可不是让你闹着玩儿的。你马上给我呈上一份关于这次行动准确详细的报告，我要知道你这段时间在艾斯美达拉的一举一动。"

"去散了散心，过了段清静安逸的快活日子——花自己的钱。"

他激动地提高了声音："我马上就要看到一份完整的报告呈现上来，否则你等着被吊销执照吧！"

"我想给你个贴心建议，乌穆内先生。你为什么不到一边凉快去？"

电话那端传来一阵气急败坏的吼叫，但我已经把电话挂了。几乎在挂的同时，电话又开始铃声大作。

这次我听不清电话的铃声了，美妙的音乐流泻在整个屋内。

Mo 推理馆·经典

雷蒙德·钱德勒

/ 街道上尽是比夜晚还要黑暗的东西。/

“一身都是烟头烧的洞，永远宿醉难醒”的

私人侦探马洛系列

THE BIG SLEEP | **长眠不醒**

放得下万贯家财，放得下两个千金女儿，
却唯一放不下那个失踪的女婿……

FAREWELL,MY LOVELY | **再见，吾爱**

越是漂亮的女人，越危险……

THE LADY IN THE LAKE | **湖底女人**

深埋心底的暗暗杀机，
柔情满载也是骗局……

THE LONG GOODBYE | **漫长的告别**

道别，等于死去一点点……

Raymond
Thornton
Chandler

Mo 推理馆·经典

雷蒙德·钱德勒

/ 街道上尽是比夜晚还要黑暗的东西。/

“一身都是烟头烧的洞，永远宿醉难醒”的

私人侦探马洛系列

THE HIGH WINDOW | 高窗

两枚金币，引出三具尸体。
关键证人，一出场就被干掉。

THE LITTLE SISTER | 小妹妹

很慢，很悲伤，
仿佛她正在淹死一只心爱的小猫。

PLAY BACK | 重播

以为今天一如平常，
谁知道人生就此谢幕。

Raymond
Thornton
Chandler

The Man In The Queue | 排队的人

在剧院门口排队买票的男子死在队伍中，
却没有人知道他是谁，何时被插入了匕首？

A Shilling For Candles | 一先令蜡烛

当红明星的尸体出现在清晨的海滩上，
是溺水？还是情杀？

Miss PYM Disposes | 萍小姐的主意

女子学校里一位女孩的意外死亡，
让研究心理学的萍小姐陷入两难，
是选择理智？还是情感？

The Franchise Affair | 法兰柴思事件

失踪近一个月的 16 岁女生，
指控有人诱拐她，
漂亮女人的话，能不能相信？

Josephine
Tey

Mo 推理馆·经典

约瑟芬·铁伊

To Love And Be Wise | 一张俊美的脸

俊美的她打乱了小镇的宁静，
而后的离奇失踪，更掀起轩然大波……

The Daughter Of Time | 时间的女儿

能不能躺在病床上，
就推翻流传四百年之久的历史定论？

The Singing Sands | 歌唱的沙

“醉”死在火车车厢里的年轻人，
为何要留下一首诗？

Brat Farrar | 布拉特·法拉

失踪八年的第一继承人，
突然出现了……

Josephine Tey

图书在版编目（C I P）数据

重播 / （美）雷蒙德·钱德勒著；吴嘉琪，陆美如译. -- 北京：现代出版社，2017.3
ISBN 978-7-5143-5476-8

Ⅰ. ①重… Ⅱ. ①雷… ②吴… ③陆… Ⅲ. ①侦探小说－美国－现代 Ⅳ. ①I712.45

中国版本图书馆 CIP 数据核字（2016）第 295570 号

重播

著　　者　［美］雷蒙德·钱德勒
译　　者　吴嘉琪　陆美如
策划编辑　赵海燕
责任编辑　赵海燕　宋凌燕
出版发行　现代出版社
通信地址　北京市安定门外安华里 504 号
邮政编码　100011
电　　话　010-64267325　64245264（传真）
网　　址　www.1980xd.com
电子邮箱　xiandai@vip.sina.com
印　　刷　三河市南阳印刷有限公司
开　　本　890mm×1240mm　1/32
印　　张　6.25
版　　次　2017 年 3 月第 1 版　2017 年 3 月第 1 次印刷
书　　号　ISBN 978-7-5143-5476-8
定　　价　32.00 元

PLAY BACK

——寻找唯一的真相——